Grenzspaziergang

von Felia Schendt

Grenzspaziergang

Entzünde den Funken in dir

von Felia Schendt

Felia Schendt
c/o autorenglück.de
Franz-Mehring-Str. 15
01237 Dresden

kontakt@felia-schendt.de

Buchbeschreibung:

Dieser Roman erinnert uns an den leidenschaft-lichen Funken, der in jedem von uns schlummert und darauf wartet, entzündet zu werden.

Lorena lebt ein Leben, das sich viele wünschen würden. Eine Bilderbuchfamilie, ein toller Job, ein erfülltes Dasein. Aber irgendetwas fehlt ihr. Was das ist, merkt sie erst, als sie sich auf den Flirt mit Simon einlässt und dabei immer mehr Grenzen überschreitet.

Über die Autorin:

Felia Schendt – eine Rebellin mit Herz und eine Autorin mit Leidenschaft, die mit diesem Roman ihr Autorendebüt feiert.

3. Auflage, 11/2022
© Alle Rechte vorbehalten.

Felia Schendt
c/o autorenglück.de
Franz-Mehring-Str. 15
01237 Dresden

kontakt@felia-schendt.de

ISBN-13: 9783756295081
Herstellung und Verlag: BoD – Books on
Demand, Norderstedt

Persönliche Worte

Die Charaktere und die Handlung dieser Geschichte sind frei erfunden. Etwaige Ähnlichkeiten mit tatsächlichen Begebenheiten oder lebenden Personen sind rein zufällig und unterliegen höchstwahrscheinlich der Fantasie und Interpretation des Lesers / der Leserin. Wie viel Realität wirklich in diesen Text eingeflossen ist, wird wohl für immer das Geheimnis der Autorin bleiben.

Als ich diesen Roman angefangen habe zu schreiben, waren es anfangs nur Worte, die willkürlich aneinandergereiht wurden. Doch während des Schreibens wurde ich auf einmal von der Muse geküsst, die meine Leidenschaft entfachte. Im Laufe der Kapitel wurde ich immer mehr eins mit meiner Hauptakteurin. Das geschriebene Wort und die Gedanken meiner Protagonistin vermischten sich zu einer eigenen Geschichte in meinem Kopf und die Fiktion und Realität verschwammen zunehmend. Obwohl meine HauptAKTeurin anfangs meiner Inspiration entsprang, war am Schluss sie es, die mich inspirierte und dann war wieder ich es, die Lorena inspirierte. Trotzdem lag das Buch nach der Fertigstellung weitere Jahre auf meinem Desktop.

Es durfte noch reifen und auch ich hab noch Zeit gebraucht, um mich damit sichtbar zu machen.

Eine Warnung sei an dieser Stelle für zartbesaitete Leser*innen ausgesprochen. Der Roman ist provozierend, entspricht nicht unbedingt den gesellschaftlichen Konventionen und wird dafür sorgen, dass der eigene Puls an der einen oder anderen Stelle in die Höhe schießt und das Blut in Wallung gerät. Testleser haben bestätigt, diese Geschichte aktiviert nachweislich die Libido.

Danksagung

Kein Buch ohne Danksagung! Ohne die Unterstützung von so vielen lieben Menschen, die immer an mich geglaubt haben, hätte ich diesen Roman nie veröffentlicht. Zunächst richtet sich mein Dank an meinen Hauptlektor. Danke dafür, dass du die Quelle meiner Inspiration und mein Ideengeber warst. Danke, dass du all die geistigen und emotionalen Ergüsse, die dich bestimmt teilweise in Erregung versetzt haben, jedes Mal über dich hast ergehen lassen. Danke auch an meine Co-Lektorin, vermutlich ist dir beim Lektorieren oft die Schamesröte ins Gesicht geschossen, vor allem beim Korrigieren meiner vielen Rechtschreib- und Grammatikfehler. Danke an Andrea für das unglaublich starke Cover, du hast den Blick meiner Protagonistin perfekt umgesetzt. Danke an Simone und Julia für euren nicht verurteilenden Blick hinter die Kulissen und euer ehrliches Feedback zu der Rohfassung, die wirklich noch verdammt roh war. Danke an Anke, dass du immer an mich geglaubt und mich liebevoll daran erinnert hast, dass Worte nicht nur wie Küsse, sondern auch wie Schläge schmecken können, dank dir hat die Weiblichkeit in dem Skript noch mehr Einzug erhalten. Danke an mein Erfolgswerk-Team Alena und Corinna, danke dafür, dass ihr mit mir jede karmische Rückstoßwelle gesurft habt und dass wir immer noch in Verbindung stehen. Danke an Andrea und Andrea, dass ihr immer schon eine Autorin in mir gesehen habt. Danke an Jule, dass du stets hinter mir stehst und trotz meines unkonventionellen Lebenswegs immer zu mir hältst. Danke an Sina, du bist eine aufgehende Sonne und dein Strahlen ist so inspirierend schön. Danke an Tina für deine Treue in allen Lebens-lagen. Danke an Andrea und Ariane, dass ich mich vor euch so richtig nackt machen durfte und ihr mir immer wieder so viel Magic Power verliehen habt. Danke an meine Sisterhood Mädels Anja und Mandy, dass ihr mich auf meinem Herzensweg mit so viel Seelenmagie unterstützt. Danke an Herb, dein Glaube an mich und deine Unterstützung haben mir den letzten Schubs gegeben, den ich gebraucht habe, um sichtbar zu werden. Danke an mein Master-Mind Team Georgette, Steffi und Miriam, dass ihr so an mich glaubt, das macht mich ganz demütig. Danke an meine Mama, die immer an mich glaubt, der ich dieses Buch aus diversen Gründen aber nie zum Lesen geben werde. Danke an meine WUNDERvolle, einzigartige Tochter, die mich jeden Tag wieder daran erinnert, dass ich an mein Herz glauben soll, damit ich ihr ein Vorbild sein kann. Danke an euch alle! Ohne Euch wäre ich heute nicht da, wo ich jetzt bin.

Kapitel 1

Lorena saß frisch geduscht nackt auf ihrem Handtuch auf dem Bett im Schlafzimmer und cremte sich mit ihrer dezent nach Vanille duftenden Bodylotion ein. Sie war erschöpft. Wie jeden Freitagabend, besser gesagt jeden Abend, wenn endlich der Feierabend für sie begann. Ein Job mit einer selbstauferlegten 50-Stunden-Woche in der Finanzbranche, zwei kleine Kinder, der Haushalt und allgemein der Alltag zollten ihren Tribut, ihre Energiespeicher waren zu oft aufgebraucht. Die vielen Rollen, die sie innerhalb eines Tages einnahm, machten sie müde, obwohl die Inszenierungen immer die gleichen waren. Kinder fertig machen, Excel-Listen bearbeiten, Meetings, in denen immer das Gleiche besprochen wurde, die Kids aus der Kita abholen, den Haushalt schmeißen, mit Andi eine Serie schauen oder noch etwas für den Job nacharbeiten und schließlich ausgebrannt ins Bett fallen. Obwohl sich Lorenas Tage unter der Woche ständig wiederholten, hatte sie das Gefühl, dass sich das Rad des Alltags immer schneller drehte und sie bei dem Tempo kaum mehr mithalten konnte. Auch heute sehnte sie sich insgeheim nach Entschleunigung und nicht nach Party. Wenn sie ehrlich zu sich war, war ihr eher nach einem Abend auf dem Sofa, einem Glas

Rotwein und der Fortführung ihrer Netflix-Serie mit Andi. So wie jeden Freitagabend. Den Alltag mit Alltag ausklingen lassen, weil in dieser vertrauten Zone keine Anstrengung von ihr gefordert wurde. Aber heute war es an der Zeit, sich mal wieder aufzuraffen. Michaels vierzigster Geburtstag stand an und er hatte zu einer großen Feier in einer gemieteten Bar eingeladen. Lorena war zwiegespalten, was die Party anging. Auf der einen Seite freute sie sich auf einen geselligen Abend und die Qualitytime mit Freunden, die sie seit den Kindern zu selten sah, auf der anderen Seite wusste sie, dass sie nach so einer Feier meist wieder eine Woche zum Regenerieren brauchte. Schließlich musste sie am nächsten Morgen trotzdem funktionieren, um ihrer Familie und den täglichen Aufgaben gerecht zu werden. Im Haus war es ungewöhnlich still und Lorena genoss den kurzen Augenblick, den sie nur für sich hatte. Das Chaos, das um sie herum herrschte, blendete sie gekonnt aus. Darum würde sie sich morgen kümmern. Andi brachte die Kinder gerade zu seinen Eltern, damit sie die Möglichkeit hatten, seit langem einmal wieder als Paar zusammen auszugehen. Bis Samstagmittag würden sie Ruhe vor den zwei Rabauken haben. Lorena liebte Amelie und Luis aus tiefstem Herzen, aber die kleinen Racker zerrten auch oft enorm an ihren Geduldsfäden. Dieses ständige Reagieren und immer präsent sein müssen kosteten so viel Energie. Nicht selten hatte sie das Gefühl, dabei selber auf der Strecke zu bleiben. Der Gedanke daran, mal wieder Inspiration im Außen zu erfahren und endlich wieder Frau sein zu dürfen und nicht nur Ehefrau und Mutter, motivierte sie, sich über ihre Erschöpfung hinwegzusetzen und auf die Ausgehlaune einzustimmen. Solche Momente waren zu rar geworden, seitdem die zwei Kids da waren.

Lorena aktivierte eine Rock-Playlist und tanzte spontan nackt und mit wippenden Brüsten zu *Rise Against* vor ihrem Kleiderschrank. Sofort stieg ihre Laune. Sich zur Musik zu bewegen und den Rhythmus zu spüren, hatte immer schon ihre Lebensgeister geweckt. Von dem Takt inspiriert, entschied sie sich für einen schwarzen BH mit Spitze und ausnahmsweise mal für einen passenden Slip und zog ein etwas freizügigeres schwarzes Top und ihre enge Jeans mit dunklem Gürtel aus dem Schrank. Sie hatte Lust, sich mal wieder schick zu machen und in eine andere Rolle zu schlüpfen. Normalerweise war sie ein sehr natürlicher Typ und legte im Alltag außer Wimperntusche kaum Make-up auf, aber heute war ihr danach, sich angemessen zu ihrem Outfit und dem Anlass etwas mehr herzurichten. Raus aus dem Mami-Look, weg vom täglichen Business-Schick. Sie spürte den Drang, sich mal wieder ein bisschen weiblicher zu präsentieren. Nachdem sie ihre grünen Augen gekonnt betont hatte, entschied sie sich, zur Feier des Tages einen roten Lippenstift aufzutragen, der einen Ton dunkler war als ihre natürliche Haarfarbe. Sie öffnete ihren Messy-Dutt, schüttelte ihre roten Locken auf und lächelte ihr Spiegelbild an. Eine schöne und weibliche Frau blickte ihr entgegen. Ihr Hintern sah in der Jeans prall und rund aus, der leichte Ausschnitt ihres Tops ließ ihre wohlgeformten Brüste gut erahnen, die offenen Locken, die sie im Alltag oft glättete, verliehen ihr etwas Wildes und Ungestühmes und in ihren Augen blitzte ein schelmisches Funkeln auf. Lorena schaute die strahlende Frau im Spiegel nachdenklich an und fragte sich, warum sie diese Frau schon so lange nicht mehr gesehen hatte. Bevor sie die Antwort auf diese Frage fand, unterbrach Andi sie bei ihren Gedanken, als er hinter ihr im Spiegel auftauchte. *„Bist du fertig? Wir sind spät dran"*, war das Einzige, was er sagte. Kein Wort der Anerkennung kam ihm über die Lippen. Einen Moment ärgerte sich Lorena, dass er sie für so selbstverständlich nahm und als Frau gar nicht mehr sah. Wie lange hatte sie schon kein ernst gemeintes Kompliment mehr von ihm bekommen? Wie lange hatte sie ihm schon kein Kompliment mehr gemacht? Sie verdrängte den Gedanken, schenkte sich stattdessen selber ein letztes Lächeln und griff nach ihrer Handtasche, um mit Andi das Haus zu verlassen.

Tatsächlich kamen sie etwas zu spät. Die Bar, die Michael exklusiv gemietet hatte, war schon gut besucht und sofort war Lorena von einem undurchdringbaren Stimmengewirr umgeben, auf das sie sich erst einmal einstimmen musste. Es versprach ein geselliger und vergnügter Abend zu werden, zur Abwechslung ein Abend fernab von Netflix-Serien. Eine kurzzeitige Flucht aus dem Alltag. Einen kleinen Moment mal wieder das Leben und die Lebendigkeit spüren. Lorena sah sich in der Bar um und ließ sich augenblicklich von der heiteren Stimmung anstecken. Der gesamte Freundeskreis war anwesend, lediglich ein paar unbekannte Gesichter fielen ihr unter den Gästen auf. Sie umarmte alle Freunde der Reihe nach und hielt hier und da Smalltalk, bevor sie sich zur Bar durchkämpfte, hinter der ein äußerst attraktiver, wenn auch verdammt junger Barkeeper mit vollem Körpereinsatz seine Cocktails mixte.

Normalerweise trank sie selten Alkohol, aber an Abenden wie diesem wollte sie sich mal was gönnen. *„Eisgekühltes Schaumkrönchen auf einer exquisiten Komposition aus Hopfen, Gerste und Malz (vegan)"*, wurde ihr über eine Tafel als Tagesangebot empfohlen und es dauerte etwas, bis sie den Gag verstand. Obwohl sie sonst gerne mal ein Bier trank, hatte sie heute eher Lust auf einen Mixed Drink. „Du siehst aus, als dürfte es für dich ein *Verbotener Flirt* sein?" Der Barkeeper, der mindestens zehn Jahre jünger war als sie, beugte sich zu ihr vor, zwinkerte ihr zu und zeigte ihr auf der Karte einen Cocktail, der sich in der Tat sehr lecker anhörte: Gin, 2 Dash Angostura Bitters, 1 cl Holundersirup, 8 cl Ginger Ale, Minze und Orangen-Extrakt. „Gerne." Lorena lächelte, strich sich ihre langen roten Locken hinter das Ohr und ließ sich auf den Flirt ein. Sie realisierte, dass der Blick des Barkeepers in ihren Ausschnitt wanderte, während er ihren Cocktail mixte, und sie spielte intuitiv mit ihren Vorzügen, indem sie sich noch aufrechter hinstellte und ihre Brust anhob. Insgeheim genoss sie es, dass der junge Barkeeper ihrer Attraktivität Beachtung schenkte. Für Andi war alles so selbstverständlich geworden. Sie war für ihn selbstverständlich geworden. Er nahm sie als Frau nicht mehr wirklich wahr. Dabei konnte er sich mit ihr an seiner Seite echt glücklich schätzen. Sie achtete nach wie vor auf ihren Körper, machte gelegentlich Sport, zumindest soweit es ihre Zeit zuließ, und versuchte, ihrer Weiblichkeit stets Raum einzuräumen. Sie war keine Frau, die sich damit zufriedengab, nur in der Mutterrolle aufzugehen. Übermütter, die sich für die Kinder und die Familie aufopferten, sich vom Frausein verabschiedeten und freiwillig im Kindergarten für die Wahl zum Elternbeirat aufstellen ließen, kannte sie einige und zu diesen hatte sie noch nie einen Zugang gefunden. Glücklicherweise waren die Frauen in ihrem Freundeskreis ähnlich gestrickt wie sie und alle trotz Familie sie selbst geblieben. Lorena bedankte sich bei dem Barkeeper für seine Aufmerksamkeit mit einem großzügigen Trinkgeld und mischte sich ins Getümmel zu ihren Freundinnen. Gemessen an der Dezibelzahl des Lachens hatten ihre Mädels schon mindestens ein Getränk mehr getrunken als sie. Die Frauen aus dem Freundeskreis waren wie sie vorwiegend Mütter, die es genossen, mal wieder einen Abend ohne Kinder verbringen zu können. Mal wieder frei und Frau sein zu dürfen. Allesamt waren es Frauen, die sonst im Hamsterrad des Alltags funktionierten, keinen Alkohol mehr gewohnt und daher schon merklich angetrunken waren. Auch

Lorena genoss ihren Cocktail und trank diesen in der Geselligkeit der Gruppe schneller als sonst zu Hause ihren Rotwein. Die Gesprächsthemen des Abends waren die üblichen. Die Dialoge drehten sich um die Kinder und den Spagat zwischen Familie und Job, es wurde über die Kollegen und die Vorgesetzten gelästert, über den kräftezehrenden Alltag gejammert und über die nächsten Urlaubsziele diskutiert. Während es bei den Frauen vorwiegend um den Familienalltag ging, debattierten die Männer auf der anderen Seite mit ihrem Bier in der Hand über Vertriebsstrategien, die Politik und die letzten Fußballergebnisse.

In dem Partyraum war es extrem eng und jeder, der zur Bar wollte, musste sich an ihrem Freundinnen-Grüppchen vorbeidrücken. Ohne Körperkontakt war ein Durchkommen zur Bar kaum mehr möglich. Als Simon, ein Mann aus dem Freundeskreis, sich Platz schaffen wollte und sie dabei eine Sekunde an der Hüfte streifte, zuckte Lorena zusammen und hielt einen Moment inne. Ihr Körper reagierte sofort auf diese flüchtige Berührung und sie spürte augenblicklich ein angenehmes Ziehen zwischen den Schenkeln. Es war nicht das erste Mal, dass sie so auf Simons Anwesenheit ansprang. Sie konnte nicht leugnen, dass sie sich zu Simon hingezogen fühlte. Das war schon so gewesen, als sie ihn vor neun Jahren das erste Mal auf dem Christkindlmarkt kennengelernt hatte. Sie hatte ihn von Anfang an objektiv betrachtet als attraktiven Mann wahrgenommen, aber über die Zeit war die Anziehung stärker geworden. Mittlerweile war es sogar so, dass sie sich schon öfter dabei ertappt hatte, beim Sex mit Andi an Simon gedacht zu haben. Natürlich hatte sie das nie jemandem erzählt und sie würde einen Teufel tun, das jemals zuzugeben, aber ihr Körper sendete ihr jedes Mal eindeutige Signale, wenn Simon im Raum war. So auch heute. Diese kurze Berührung hatte gereicht und sie fühlte sich, als würde er einen Button aktivieren, um ihre Libido aus dem Standby-Modus zu holen. Es reichte, dass er in ihrer Nähe stand und sofort wurde sie zwischen den Schenkeln leicht feucht. Sie lächelte Simon nur flüchtig im Vorbeigehen an und versuchte, wie schon so oft, das Gefühl zu unterdrücken, das er in ihr auslöste. In ihrem inneren Dialog ermahnte sie sich selbst, ihre Gedanken zu zügeln. Solche Fantasien durfte sie nicht haben und mit ihrer Libido sollte sie dringend mal wieder ein ernstes Wörtchen reden, die schien falsch programmiert zu sein, sobald Simon in der Nähe war.

Als Simon sich über den Tresen lehnte und bei dem Barkeeper seine Bestellung aufgab, folgte Lorena ihm mit dem Blick. Er hatte aber auch eine unglaubliche Ausstrahlung. Und heute ganz besonders. Sie biss sich auf die Lippen und beobachtete den großen dunkelblonden Mann mit den strahlend blauen Augen und dem trainierten Körper, als er sich wieder den Weg zurück durch das Gedränge bahnte. Wie schon so oft bewunderte Lorena sein Charisma, mit dem er deutlich aus der Menge herausstach. Egal wo er auftauchte, er hatte eine Präsenz, mit der er nicht nur sie in seinen Bann zog. Als hätte er ihren Blick gespürt, sah er ihr direkt in die Augen. Allein dieser kurze Blickkontakt reichte aus und schon signalisierte ihr Körper ihr Verlangen. Jede Zelle in ihr pulsierte wohlig und ihre Vagina fing augenblicklich an zu pochen. Ihr war bewusst, dass sie sich hätte abwenden sollen, dass sein Blick in ihr Fantasien auslöste, die nicht angebracht waren, aber heute war sie zu sehr in Flirtlaune. Diesmal hatte sie Lust, es darauf ankommen zu lassen und ihm zu zeigen, dass sie ihn begehrte. Zu oft schon hatte sie das vor sich selber geleugnet. Sie nahm einen Schluck von ihrem *Verbotenen Flirt*, spielte mit dem Strohhalm in ihrem Mund und schaute Simon intensiv in die Augen. Einen kurzen Moment schien Simon etwas irritiert von ihrem bewussten Flirtversuch zu sein, aber dann stieg er darauf ein, suchte ebenfalls den Blickkontakt mit ihr und fing selbstgefällig an zu grinsen. Das Spiel war eröffnet und im gleichen Augenblick veränderte sich etwas an Lorenas Energie. Sie fühlte sich selbstbewusster und war mehr mit ihrer Kraft verbunden als eben noch in dem Gespräch mit ihren Mädels. Als er vorbeigehen wollte, machte Lorena einen kleinen Schritt nach hinten, um sich ihm in den Weg zu stellen und schaute ihn dabei weiterhin forsch an. Offensichtlicher hätte sie nicht mit ihm flirten können. Und Simon stieg darauf ein. Er lächelte sie einladend an, legte kurz eine Hand auf ihre schmale Taille und drückte sich bewusst eng an ihrem Steiß vorbei. Einen Moment schloss Lorena die Augen und genoss das Gefühl, seinen Körper so nah an ihrem zu spüren. Es zog augenblicklich angenehm zwischen ihren Schenkeln und in ihrem Intimbereich. Sie lehnte sich ihm provokativ ein bisschen mehr entgegen und berührte für einen Moment seine Hand mit ihrer. Die Berührung dauerte weniger als eine Sekunde, aber ihr Puls beschleunigte sich sofort und in ihrem Schritt wurde es warm. Wie schaffte dieser Kerl es nur, so eine Lust in ihr zu wecken? Und was verdammt noch mal machte sie da? Als Simon an ihr vorbei und wieder im Getümmel verschwunden war, schaute Lorena sich flüchtig um, ob irgendjemand das kurze Intermezzo mitbekommen hatte. Doch die Aufmerksamkeit der anderen galt nicht ihr und der Flirt war zu dezent gewesen, als dass er öffentliches Interesse hätte wecken können. Sie versuchte, sich wieder auf das Gespräch mit ihren Mädels zu konzentrieren, aber über die Kinder und Alltagssorgen wollte sie sich nicht weiter unterhalten. Nicht jetzt, zumal ihr gerade äußerst unanständige Gedanken durch den Kopf schweiften. Sie konnte sich nicht erklären, ob es der Reiz des Verbotenen war oder ob der Alkohol bereits seine Wirkung zeigte, aber sie wollte es heute definitiv noch nicht darauf beruhen lassen, nicht nachdem die ganze Sache gerade erst anfing, Spaß zu machen. Es war ja nur ein unschuldiger Flirt, der niemandem wehtun würde, aber den sie sich diesmal nicht verwehren wollte. Allein dieser kurze Moment eben mit Simon hatte ihrem Ego so gutgetan, dass sie sich danach sehnte, noch ein bisschen mehr von seiner Aufmerksamkeit zu provozieren. Sie trank ihren ersten Cocktail zu rasch aus und bestellte sich einen zweiten *Verbotenen Flirt* an der Bar, ohne diesmal auf den weiteren Flirtversuch des Barkeepers einzugehen. Mit ihrem Glas in der Hand kämpfte sie sich suchend auf die andere Seite der Bar durch, wo sie Simon vermutete. Dieser stand in einer Ecke des Raums und unterhielt sich mit einer Blondine, die sie nicht kannte. Die Situation stellte ein Bild dar, das zu ihm passte und typisch für ihn war, denn Simon war für seine ständig wechselnden Affären bekannt. Mit über vierzig hatte er noch nie eine ernsthafte Beziehung geführt, ließ aber auch nie etwas anbrennen und beherrschte die Kunst des Flirtens im Masterlevel. Über seine vielfältigen Bettgeschichten wurde im Freundeskreis oft kontrovers diskutiert, denn Simon lebte ein Leben fernab von gesellschaftlichen Konventionen. Er war als Frauenmagnet bekannt und hatte die Fähigkeit, all seine Gespielinnen mühelos innerhalb von kurzer Zeit für sich zu gewinnen. Selbst verheiratete Frauen unterlagen regelmäßig seinem Charisma und Lorena gestand sich ein, dass sie hier keine Ausnahme darstellte. Seine Ausstrahlung hatte auf sie etwas unglaublich Faszinierendes. Obwohl Andi nicht weit weg von Simon stand und mit den Jungs über Aktienpakete diskutierte, konnte es Lorena nicht lassen, in die Flirt-Offensive zu gehen. Der Reiz war zu groß, sie wollte ihm nicht widerstehen. Der intensive Blickkontakt eben mit Simon hatte in ihr verborgene Sehnsüchte geweckt, denen sie weiter nachgehen wollte.

Simons bloße Anwesenheit schien die Lilith-Energie in ihr wachzurufen, die in ihrer Jugend und vor der Ehe sehr präsent gewesen war, jedoch seit der Kinder keinen Raum mehr in ihrem Leben bekommen hatte. Lorena stellte sich neben ihre Bekannte und lehnte sich mit dem Rücken an die Wand, so dass sie Simon dabei direkt in die Augen schauen konnte. Kurz blickte er auf und sah zu ihr, ließ sich aber diesmal nicht so schnell aus der Reserve locken, was sie wiederum nur noch mehr anstachelte. Sie musterte die Blondine, mit der sich Simon unterhielt und stellte für sich fest, dass sie eher unscheinbar wirkte und keine der Frauen war, der sie selber wegen ihrer immensen Ausstrahlung nachschauen würde. Sie war klein, hatte kurze blonde Haare, eine schlanke und sportliche, aber gleichzeitig durchschnittliche Figur und Lorena sah ihr an, dass sie rauchte. Sie wirkte älter, als sie wahrscheinlich war und ihre Haut hatte einen fahlen Teint. Das Nasenpiercing betonte ihre etwas zu groß geratene Nase und war nicht von Vorteil für sie. Keine Konkurrenz, stellte Lorena zufrieden fest und dachte zeitgleich darüber nach, warum das für sie überhaupt eine Rolle spielte. Sie positionierte sich so, dass sie ihre körperlichen Vorzüge gekonnt in Szene setzte. Bauch rein, C-Körbchen raus, das rechte Bein leicht nach vorne gestellt, den freien Daumen eingehakt in den vorderen Gürtelschlaufen ihrer engen Jeans. Um nicht zu sehr auf dem Präsentierteller zu stehen und von ihrem Flirtangriff abzulenken, fing sie einen Smalltalk mit ihrer Bekannten über deren Job an, ohne Simon dabei aus den Augen zu lassen. Es war lange her, dass sie es das letzte Mal drauf angelegt hatte, aber sie wusste, welche Wirkung sie auf Männer ausübte, wenn sie erst einmal ihren Flirtmodus eingeschaltet hatte und ihre Weiblichkeit gezielt einsetzte. Und es funktionierte noch heute. Während Simon sich anfangs auf das Gespräch mit der kleinen Blondine konzentrierte und Lorena kaum Aufmerksamkeit schenkte, wanderte sein Blick mit der Zeit wiederholt zu ihr. Wann immer er in ihre Richtung sah, spielte Lorena subtil, aber dennoch bewusst mit ihren Reizen. Sie befeuchtete mit der Zunge ihre Lippen, drehte ihre langen Locken, berührte mit den Fingerspitzen ihr Schlüsselbein, zog etwas länger und intensiver an ihrem Strohhalm und schaute Simon dabei die ganze Zeit offensiv in die Augen. Nicht einmal brach sie den Blickkontakt ab. Sie hielt den Flirt aufrecht, obwohl die Situation hier in der Bar riskant war. Seine Reaktion zeigte ihr, dass ihr Verhalten ihn nicht kaltließ. Seine Blicke wurden immer eindeutiger und aktivierten Lorenas

Fantasien. Je offensichtlicher der Flirt zwischen ihnen wurde, desto schwerer fiel es ihr, sich auf ihr Gespräch zu konzentrieren und ihrer Bekannten noch ernst gemeinte Aufmerksamkeit zu schenken. Vor allem musste sie sich anstrengen, trotz der Wärme, die in ihrem Slip aufstieg, noch die notwendige Vorsicht walten zu lassen. Schließlich war sie nicht mit Simon alleine in der Bar, sondern es standen auch ihr Mann und zahlreiche ihrer Freunde in der Nähe. Sie spielte mit dem Feuer, aber sie hatte nicht vor, sich die Finger zu verbrennen. Das war es nicht wert. Gleichzeitig war es so wohltuend, ihr eigenes Begehren mal wieder so intensiv zu spüren, dass sie den Flirt nicht abbrechen wollte. Erneut warf Simon ihr einen Blick zu, der pures Verlangen in ihr auslöste. In ihrem gesamten Schoßraum breitete sich eine wohltuende Wärme aus. In Gedanken hatte sie tatsächlich schon heimlich verbotene Dinge mit ihm angestellt, aber in der Realität würde sie niemals so weit gehen. Sie kannte ihre Grenzen und wusste diese zu wahren. Ihr innerer Moralapostel rebellierte bereits lautstark gegen ihr Begehren und wollte ihr klar sein Veto aufzeigen. Was sie da machte, war moralisch nicht korrekt und gleichzeitig fühlte es sich so richtig an. Sie spürte den Ehering an ihrem Finger, der sich im Moment anfühlte, als sei er zu klein geworden. Und trotzdem erinnerte er sie an die Tatsache, dass sie verheiratet war und dass ihr diese Sehnsüchte nicht zustanden. Die Sache wurde ihr zu heiß! Simon war zu heiß! Seine sexuelle Ausstrahlung brachte etwas in ihr zum Lodern, was bedrohlich auf sie wirkte. Sie brauchte dringend eine Abkühlung. Bis hierhin war es ein vertretbarer, unschuldiger Flirt gewesen, aber das Spiel noch weiter auszureizen, war keine gute Idee. Es wurde höchste Zeit, aus diesem intensiven Blickkontakt auszusteigen, der ihr spürbar die Sinne vernebelte. Lorena verabschiedete sich von ihrer Bekannten und wusch sich in der Toilette die Hände unter dem kalten Wasserhahn ab, um sich zu akklimatisieren. Nachdem sie sich an der Bar ein frisches Wasser mit Eiswürfeln geholt hatte, setzte sie sich damit in einer ruhigeren Ecke auf einen Barhocker, um sich wieder zu sammeln. Doch während sie noch darüber nachdachte, was sie eben geritten hatte, Simon vor allen Leuten sichtbare Avancen zu machen, setzte sich genau dieser unerwartet neben sie auf den Barhocker und grinste sie verschmitzt an. Bähm – all die Vorsätze brav zu sein, schmiss sie sofort über den Haufen, augenblicklich setzte ihre Libido ihren Verstand schachmatt. Das Adrenalin floss wellenartig in ihren Schoß.

Unanständige Gedanken übernahmen die Oberhand und schlichen an ihrem inneren Moralapostel vorbei. Sie stellte sich vor, wie es wäre, ihn einfach am T-Shirt zu sich zu ziehen und zu küssen und noch ganz andere Dinge mit ihm anzustellen. Sofort hob ihr Gewissen die Hand und gebot ihr, diese Bilder wieder zu verdrängen. Das ging auf gar keinen Fall! Was passierte hier mit ihr? Sie bewegte sich gerade auf ganz dünnem Eis und der Alkohol barg ein weiteres Risiko und ließ sie unvorsichtig werden. All ihre moralischen Anteile meldeten sich lautstark zu Wort und doch gelang es ihr nicht, Simon links liegen zu lassen. Der Flirt tat so unglaublich gut! Dieses Begehren zu spüren, das durch ihren Körper strömte, setzte wunderschöne Energien in ihr frei, denen sie sich nicht entziehen wollte. Statt sich von ihm abzuwenden, lehnte sie sich von ihrer Libido gesteuert in seine Richtung und drückte ihren Oberkörper so unauffällig wie möglich an seinen, um mit ihren Brüsten seinen Ellbogen zu berühren. Simon grinste sie an, schaute ihr intensiv in die Augen und stützte sich mit der rechten Hand wie zufällig auf ihrem Barhocker ab, so dass seine Fingerspitzen ihre Pobacken berührten. Sofort durchfuhr Lorena ein angenehmer Schauer und sie bekam am ganzen Körper Gänsehaut. Für

Außenstehende sah es aus, als würden sich die beiden nur unterhalten, aber der Körperkontakt wurde sowohl von ihr als auch von ihm bewusst eingesetzt. Lorena konnte nicht leugnen, dass sie diese Berührung genoss und schaute ihm weiter intensiv in die Augen. Sie wusste, dass er ihr ansah, was sie dachte, denn sein Blick spiegelte ihr Verlangen wider und die Luft zwischen ihnen knisterte. Ihr Gewissen bäumte sich erneut auf, aber bevor Lorena überhaupt dazu kam, den Flirt zu intensivieren, wurden sie unterbrochen. Die unscheinbare Blondine war ebenso darauf aus, ihr Gespräch mit Simon fortzusetzen und setzte sich mit einem neuen Cocktail auf die andere Seite neben ihn. Lorena wusste, dass sie den Flirt jetzt erst recht hätte beenden sollen, aber diese Konkurrenzsituation spornte sie zusätzlich an. Seine Aufmerksamkeit streichelte ihr Ego, sie war nicht bereit, diese Streicheleinheit zu teilen. Simon wandte seinen Blick von Lorena ab und schenkte der Blondine wieder seinen Fokus. Lorenas gesamter Körper stand unter Strom. Sie konnte aber nicht unterscheiden, ob es an dem Alkohol oder den Hormonen in ihrem Blut lag, dass das Adrenalin sie so durchflutete. Simon brachte sie ganz schön aus dem Konzept. Er aktivierte ein Verhalten an ihr, das einer verheirateten Frau eigentlich nicht erlaubt war. Er triggerte ihr komplettes Hormonsystem und noch etwas anderes, ein Gefühl, das viel tiefer lag. Angestachelt von ihrer warmen, sich immer mehr öffnenden Vagina, die in absoluter Habachtstellung war, schlug Lorena das rechte Bein über ihr linkes Knie und strich dabei mit der Spitze ihrer High Heels an den Innenseiten von Simons Unterschenkel entlang. Simon drehte den Kopf zu ihr und sein Blick zeigte ihr das, was sie fühlte. Pure Lust. Lorenas Yoni pochte und sie spürte, wie der Saft ihrer Libido sich auf ihren Slip übertrug, so feucht war sie schon. Ihre innere Stimme ermahnte sie wiederholt zur Vernunft. Sie musste damit aufhören, bevor sie zu weit ging. Ihre Lust begann hier gerade, das Ruder zu übernehmen und es lag an ihr, das schnellstmöglich zu unterbinden. Wie wenn Simon ihre Gedanken erraten hätte, beendete er selbst ihr Dilemma. Er schaute ihr noch einen Moment intensiv in die Augen, griff aber gleichzeitig nach der Hand der Blondine und streichelte diese. Lorena fühlte sich wie vor den Kopf gestoßen. Diesen Auslöser für ihren Rückzug hatte sie gebraucht, um wieder in der Realität zu landen. Ihr Ego protestierte, weil die Berührung der anderen galt und nicht ihr und im gleichen Augenblick verkündete ihr Stolz ihr, dass der Flirt jetzt für sie vorbei war. Sie war nicht in der Position, selbst solche Wünsche zu haben. Sie war eine verheiratete Frau, die sich gerade bedürftig verhielt, weil sie zu lange keinen leidenschaftlichen Sex mehr gehabt hatte. Und Simon war ein Player, für den das Spiel mit Frauen zum Alltag gehörte. Ein Mann, der sich verständlicherweise für die Spielgefährtin entschied, bei der er heute noch zum Zug kommen würde. Lorena spürte einen kleinen Stich der Eifersucht, weil die andere etwas haben konnte, was ihr nicht zustand. Obwohl ihre Libido gerne noch neben Simon sitzen geblieben wäre, wusste Lorena, dass es nun Zeit war, das Spielfeld zu räumen. Resigniert gesellte sie sich wieder zurück ins Getümmel zu ihren Freundinnen. Als sie sich noch einmal umdrehte, sah sie Simon in der Ecke mit der Blondine knutschen und schüttelte den Kopf. Es war ihr allerdings nicht klar, ob über ihr eigenes oder Simons Verhalten.

Kapitel 2

Am nächsten Morgen wachte Lorena leicht verkatert auf. Als sie Andi mit seinen verstrubbelten schwarzen Haaren neben sich liegen sah, meldete sich ihr schlechtes Gewissen und ihr Benehmen auf der Party lief wie aus der Metaperspektive vor ihren Augen ab. Beschämt versuchte sie sich selber einzureden, dass der Alkohol sie zu diesem Verhalten verführt hatte, aber das änderte nichts an ihren Schuldgefühlen, zumal sie insgeheim wusste, dass das nicht die Wahrheit war. Was war denn nur in sie gefahren, sich wie ein verliebter Teenager aufzuführen? Sie hatte sich vor Simon total lächerlich gemacht mit ihrem bedürftigen Flirtversuch. Der Barkeeper hatte ihr mit Sicherheit ein Aphrodisiakum in ihren *Verbotenen Flirt* gemischt, sie war doch sonst nicht so unvernünftig. Sie hoffte nur, dass keiner sie bei ihrem Flirtangriff beobachtet hatte. Vor Scham drückte Lorena ihr Gesicht in ihr Kissen, um ihre kreisenden Gedanken darin zu ersticken. Andi drehte sich zu ihr um und legte ihr verschlafen die Hand auf den Oberschenkel. Sie gab ihm einen flüchtigen Kuss auf die Schulter und drehte sich wieder auf die Seite, um seinen Morgenatem nicht riechen zu müssen. Andi robbte ihr nach, schob ihr oberes Bein etwas nach unten und führte seine Hand zu ihrem Schoß. Sie spürte seine Morgenlatte zuerst an ihrem Hintern und dann zwischen ihren Schenkeln. Sie hatten nicht oft Sex, vielleicht alle zwei Monate mal, wenn sie jedoch am Wochenende ohne Kinder waren, nutzten sie die Zeit meist für ihre Zweisamkeit. Doch heute kam von ihrer Libido kein Signal der Zustimmung in Bezug auf die zu erwartende Drei-Minuten-Standardnummer. Auch ihr Kater war nicht sonderlich förderlich, um in Stimmung zu kommen. Lorena kam der gestrige Flirt und Simons feuriger Blick wieder in den Sinn und direkt bekam sie eine Antwort von ihrem Schoßraum, so dass sie trotz ihrer fehlenden Lust in Bezug auf Andi ihre Beine öffnete, ihren Slip zur Seite schob und Andis Ständer mit einem geübten Griff zu ihrer Vagina führte. Andi nahm sie ohne Vorspiel oder weitere Zärtlichkeiten von hinten in Löffelchen-Stellung und sie bewegte ihr Becken in seinem Takt. Sie waren eingespielt im Bett. Routiniert. So routiniert, dass sie sich jedes Mal gedanklich in Fantasieszenen versetzte, um leichter zu kommen. So auch diesmal. Lorena ertappte sich dabei, dass ihre Gedanken wieder zu Simon abdrifteten. Würde er anstelle von Andi hinter ihr liegen, wäre sie bestimmt nicht so passiv. Seinen Schwanz würde ihre Muschel sicherlich wärmer empfangen als Andis Penis. Sie stellte sich bildlich vor, wie Simon sie am Becken packen und ihre Bewegungen delegieren würde, um mit ihr im Bett Salsa zu tanzen. Sie stöhnte lustvoll auf bei dem Gedanken und merkte, wie sie allein bei den Fantasien an diesen Mann in ihre Lust kam. Endlich war ihre Libido mit von der Partie, wenn auch sehr zurückhaltend. An Andis verändertem Rhythmus spürte sie, dass er kurz vor dem Kommen war. Sie atmete tiefer in ihr Becken und intensivierte die Bilder, die vor ihren Augen abliefen, bei denen Simon sie auf die Matratze drückte, ihre Hände hinter ihrem Kopf festhielt und ganz langsam in sie eindrang. Die Gedanken erregten sie. Sie führte ihre rechte Hand an ihre Klitoris, um sich zusätzlich zu stimulieren, doch bevor sich ihre Lust richtig in ihrem Becken aufbäumen konnte, war Andi schon fertig und griff nach seinem Handy, bevor sie auch nur ein Wort miteinander gesprochen hatten. Obwohl es noch vor 9 Uhr war, stand Lorena auf und ging ins Bad. Die warme Dusche lenkte sie von ihren unanständigen Gedanken ab, die nach wie vor in ihrem Kopf herumgeisterten. Nach dem Duschen band sie ihre roten Locken lässig zu einem wuscheligen Knäuel zusammen, zog ihren weichen XL-Kuschelpulli über ihre nackten Brüste und deckte nur bekleidet mit Panty und Hoodie den Frühstückstisch. Sie presste Orangensaft aus, stellte für Andi seine Schokocreme auf den Tisch, die bei jedem Einkauf ein Streitthema war, und gab sich beim Frühstück etwas mehr Mühe als sonst. Die routinierten Handgriffe in der Küche halfen ihr, sich von ihren unmoralischen Gedanken abzulenken. Als Andi aufstand, gab er ihr einen flüchtigen Kuss auf die Stirn und sie frühstückten, ohne viel miteinander zu reden. Er surfte auf seinem Smartphone und sie war irgendwo im Nirgendwo, während sie ihren heißgeliebten Cappuccino trank. Ohne Amelie und Luis war der Samstagmorgen ungewohnt still und Lorena sinnierte darüber, wie die Beziehung zu Andi verlaufen wäre, wenn sie keine Kinder bekommen hätten. Zwölf Jahre war sie schon mit Andi zusammen, sechs davon waren sie verheiratet. Nach außen hin waren sie eine Bilderbuch-Familie, die jedes Klischee erfüllte. Kurz nach der Hochzeit war sie mit Amelie schwanger geworden, noch vor der Geburt waren sie in eine gekaufte und bald abbezahlte Doppelhaushälfte mit einem riesigen Garten am Stadtrand von München gezogen und zwei Jahre später hatte sich Luis in ihrem Bauch eingenistet. Andi war ein toller Mensch und ein großartiger Vater, aber trotzdem führten sie nur eine Wolke 4-Beziehung. So war es von Anfang an gewesen. Leidenschaft hatte nie Regie zwischen ihnen geführt, vielmehr war die Verbindung von Vertrauen und Ehrlichkeit geprägt und sie wusste, dass sie sich auf ihn verlassen konnte. Bevor Lorena Andi getroffen hatte, hatte sie vorwiegend Männer kennengelernt, die nur sich selber gesehen hatten.

Es waren meistens selbstbewusste Machos mit narzisstischen Zügen gewesen, die sich mit ihr schmückten, sie an der langen Leine hielten und selten zu einem Commitment bereit waren. Es hatte Zeiten gegeben, da hatte sie sich für ihre Expartner total verbogen und den Herren der Schöpfung als Femme fatale stets das geboten, was diese sich wünschten. Oft hatte sie sich aufgeopfert und war zu kreativen und erotischen Höchstleistungen aufgelaufen, um ihre Partner zu überraschen und zu halten. Es hatte zu ihrer Darbietung gehört, die Rollen einzunehmen, die die Männer in ihr sahen, und sie spielte diese Rollen immer wieder aufs Neue, um das Gefühl von Aufmerksamkeit und Liebe zu bekommen. Letztlich hatte sie aber nie etwas zurückbekommen und war irgendwann müde geworden vom ganzen Aufopfern und den permanenten Spielereien. Kurz nachdem sie sich aus einer kräftezehrenden On-Off-Geschichte mit einem dieser Männer rausgezogen hatte, weil sie selbst begriff, dass es nicht so toxisch weitergehen konnte, hatte sie dann Andi auf dem Geburtstag einer Freundin kennengelernt. Mit Andi war von Anfang an alles anders, alles so unkompliziert. Er hatte nie gespielt und ihr nach dem ersten Date klar kommuniziert, dass er an einer festen Partnerschaft mit ihr interessiert war. Ihm ging es um sie und nicht um ihren Körper und irgendwann hatte sie nachgegeben und sich auf eine Beziehung mit ihm eingelassen. Anfangs hatte ihre innere Stimme ihr die feste Verbindung mit Andi ausreden und sie in alte Muster drängen wollen. Der Gedanke an eine so verbindliche Geschichte mit einem Mann, der nicht ihrem Beuteschema entsprach, hatte bei ihr erst reifen müssen, aber trotzdem hatte sie sich von Beginn an wohl bei ihm gefühlt. Er hatte sie immer so genommen, wie sie war und sie hatte das mit jedem Tag mehr zu schätzen und ihn lieben gelernt.

Jetzt waren es schon zwölf Jahre, dass sie in dieser so bodenständigen und gleichzeitig klischee-behafteten Partnerschaft steckte. Wenn sie darüber nachdachte, war es Wahnsinn, wie schnell die Zeit vergangen war. Nach außen hin waren sie das perfekte Paar, aber sie musste sich eingestehen, dass sie schon lange nicht mehr richtig glücklich war. Zu Beginn der Beziehung, noch vor den Kindern, hatten Andi und sie viel miteinander unternommen. Jedes Wochenende standen Ausflüge in die Natur auf der Tagesordnung und zur Anfangszeit hatten sie unzählige gesellige Abende gemeinsam mit Freunden verbracht. Aber das hatte sich alles mit der Geburt von Amelie geändert und war komplett eingeschlafen, als dann auch Luis auf die Welt gekommen war. Das Elterndasein hatte sie beide verändert. Während sie nach wie vor noch gerne etwas unternahm, die Gesellschaft genoss und es liebte, neue Menschen kennenzulernen, war Andi total glücklich, wenn er einfach nur zu Hause auf sein Sofa aufpassen und im eigenen Garten werkeln konnte. Als sie ihn kennengelernt hatte, war Andi ein Mann voller Ambitionen gewesen, ein sehr ehrgeiziger Mann, der für seine Ziele kämpfte. Oft hatte er sie nach der Arbeit überraschend abgeholt und sich ein tolles Abendprogramm überlegt oder er hatte sie zu spontanen Wochenendtrips und Ausflügen eingeladen, von denen sie beide im Alltag noch eine Weile zehren konnten. Aber diese Zeiten waren lange vorbei. Seit er in der Führungsposition in der Bank arbeitete und die Kinder da waren, war er regelrecht der Lethargie verfallen. Jede Unternehmung war ihm zu anstrengend geworden. Die Komfortzone hatte er schon lange nicht mehr verlassen und die wenigen Treffen mit Freunden oder die Abende mit anderen Paaren wurden hauptsächlich von Lorena initiiert. Mittlerweile hatte sie resigniert und es aufgegeben, ihn zu irgendetwas überreden zu wollen. Diese ständigen Diskussionen kosteten sie zu viel Energie. Stattdessen hatte sie sich mehr und mehr an seine

Alltagsgewohnheiten angepasst. Sie war selber genügsam geworden. Aber war das noch sie? Lebte sie noch ihr Leben? Diese Fragen hatte sie sich in letzter Zeit schon des Öfteren gestellt, ohne eine Antwort darauf zu finden. „Du willst sicher nicht mitkommen? Meine Mutter hat für uns gekocht." Andi stand auf und räumte den Tisch ab, ohne zu fragen, ob sie mit dem Frühstück fertig war. Lorena mochte ihre Schwiegermutter, aber der Gedanke daran, ein paar Stunden Zeit nur für sich zu haben, war verlockender. Sie liebte ihre Familie über alles, trotzdem genoss sie es, wenn sie zwischendrin auch mal alleine war und sich nur um sich kümmern konnte. Solche Momente gab es viel zu selten. Sie schüttelte den Kopf und warf Andi einen Luftkuss zu. „Danke, Schatz, das nächste Mal gerne. Heute freue ich mich auf mein Buch." Als Andi weg war, setzte sich Lorena mit ihrem Krimi und einer neuen Tasse Cappuccino auf die Terrasse in die Lounge-Muschel im Garten. Ein kühler Windhauch streichelte ihr Gesicht und sie schloss einen Moment die Augen. Die Temperaturen waren in den letzten Tagen deutlich heruntergegangen, der Herbst stand offensichtlich schon vor der Tür. Sie zog die Beine an, die sie gestern frisch rasiert hatte, steckte sie unter ihren Kuschelpulli, so dass ihre nackten Brüste fast auf den Knien lagen, und widmete sich ihrem Buch. Nach nur wenigen Seiten merkte sie, dass sie nicht konzentriert bei der Sache war. Ständig kam ihr der gestrige Abend und ihr Flirtangriff in den Sinn und das Bild von Simons loderndem Blick drängte sich in ihre Erinnerung. Mit seiner Präsenz in ihren Gedanken war es ihr nicht möglich, bei ihrem Krimi zu bleiben, so dass sie das Buch zur Seite legte. Simon war das komplette Gegenteil von Andi. Er war ein Mann, der ständig im Hier und Jetzt lebte, das Leben in jeder Hinsicht genoss und all seinen Träumen nachging. Er arbeitete auf selbstständiger Basis als Ingenieur und erzählte oft von neuen Aufträgen, bei denen er seine eigenen Ideen verwirklichen konnte. Simon war ein Visionär, der sehr mit sich im Reinen war und das auch ausstrahlte. Egal wo er auftauchte, er hatte so eine Präsenz, dass er automatisch die Aufmerksamkeit auf sich zog. Und das, obwohl er kein lauter Mensch war. Er war niemand, der sich profilieren musste, um im Mittelpunkt zu stehen. Er wirkte einfach nur durch sein Sein und war sich dieser Tatsache auch bewusst. Simon war ein Mann mit zwei Gesichtern. Lorena kannte sonst niemanden, der gleichzeitig so extrovertiert wie introvertiert war wie er. Er war ein Meister in der Kommunikation, unglaublich intelligent und dabei faszinierend eloquent. Er hatte das Talent, Menschen in seinen Bann zu ziehen, wenn er über ein Thema philosophierte, egal ob Frauen oder Männer, und zugleich hatte er etwas Stilles und Tiefes an sich und wirkte oft in sich gekehrt. Simon war ein Spieler, der seine Wirkung, insbesondere die auf das weibliche Geschlecht, kannte und bewusst einsetzte. Dabei ließ er sich nicht gerne in die Karten schauen, zog aber oft genau die richtigen Trümpfe aus dem Ärmel. Simon überzeugte mit seinem Sexappeal und Charisma nahezu jede Frau von sich, trotzdem sorgte er durch sein kontrolliertes Verhalten dafür, dass ihm niemand zu nahe kam. Genau diese Kombination aus strahlendem Selbstbewusstsein und der stillen, fast schon verletzlichen Seite war das, was seine Faszination ausmachte, vor der auch Lorena nicht gefeit war. Seine Ausstrahlung war unergründlich, aber so unglaublich präsent. Wenn sie ganz ehrlich zu sich war, musste sie sich insgeheim eingestehen, dass sie Simon auf irgendeine Art für sein Strahlen bewunderte und auf diese Bewunderung schien ihr Körper mit Verlangen zu reagieren. Obwohl er optisch nicht mal ihr Beuteschema war, wurde sie unruhig, wenn er sich in ihrer Nähe aufhielt und insbesondere ihre Libido sendete ihr eindeutige Signale, die sie mittlerweile nicht mehr ignorieren konnte. Im

Gegenteil, es war, als würde die Anziehung zu ihm immer größer werden. Er wirkte wie ein Magnet auf ihren Körper und ihre Vagina reagierte inzwischen jedes Mal auf seine bloße Anwesenheit. Sobald er im Raum war, kreisten ihre Gedanken unbewusst um Sex. Anfangs hatte sie versucht, diese Gefühle und die körperliche Sehnsucht, die er in ihr weckte, auszublenden, aber es fiel ihr immer schwerer, dieser Lust nicht nachzugeben. Lorena konnte sich ihr Verhalten und die Reaktion ihrer Libido nicht erklären und ihr war bewusst, dass sie solche Gedanken gar nicht erst zulassen durfte. Sie war verheiratet und hatte eine perfekte Familie. Warum also schaffte Simon es, sie so zu berühren? So durcheinanderzubringen? Verhaltensweisen in ihr zu wecken, die sie eigentlich schon längst ad acta gelegt hatte? Sie hatte doch alles, was sie sich je gewünscht hatte. Einen treuen Mann, gesunde Kinder, einen sicheren Job und ein Haus, von dem viele nur träumten. In ihrem Alter zählten andere Dinge als die Leidenschaft. Es ging um Beständigkeit, Vertrauen, Aufrichtigkeit und um die Familie. Lorena liebte ihre Familie, die Sicherheit und das Zuhause, das sie sich gemeinsam erschaffen hatten, aber wenn sie ehrlich zu sich selber war, musste sie sich eingestehen, dass sie etwas vermisste. Sie vermisste ihr altes Ich.

Wo war die unkonventionelle, freie, leidenschaftliche, mutige und kreative Lorena geblieben, die ihr Leben nach ihren eigenen Regeln lebte und genoss? Wo war die Lorena, die sich alles traute, Abenteuer erleben und die Welt erobern wollte? Sie schien nur noch in ihrer Vergangenheit zu existieren. Aber durfte sie mit neununddreißig Jahren überhaupt noch so denken? War es in ihrem Alter nicht normal, endlich solide zu werden? Sie war kein Teenager mehr, brachte es diese Lebensphase nicht mit sich, die Prioritäten anders zu setzen? Gehörte es nicht zum Leben dazu, dass die Leidenschaft und Sex im Alter und Ehealltag weniger wurden? War diese Vertrautheit nicht das, was eine Familie ausmachte? Warum machte sie diese Geborgenheit, nach der sie sich so lange gesehnt hatte, nicht mehr glücklich? Lorena wusste keine Antworten auf all diese Fragen. Sie wusste nur, dass ihre kleine heile Familienwelt das Allerwichtigste für sie war, niemals wäre sie dazu im Stande, das was sie sich aufgebaut hatten, einfach aufzugeben. Doch trotzdem fehlte ihr etwas. Etwas, was gestern bei dem Flirt mit Simon kurz da gewesen war. Die Leidenschaft, die tief in ihr immer noch loderte. Eine Sehnsucht, der sie dringend Einhalt gebieten musste. Es stand zu viel auf dem Spiel. Lorena nahm ihr Handy, zögerte eine Sekunde und schrieb dann Simon eine Messengernachricht.

L: Ich + Alkohol + du in einem Raum = keine gute Kombi.

Keine drei Minuten später hatte sie eine Antwort von ihm.

S: Warum? War doch alles ganz harmlos. Oder gab es Ärger?

L: Harmlos ja … zumindest bis auf meine Gedanken. Hat (hoffentlich) keiner gemerkt, in welche Flirtlaune du mich gebracht hast. Aber bilde dir nichts drauf ein! Das passiert nicht noch einmal, ich hatte zu viel getrunken!

Kaum hatte Lorena die Nachricht abgeschickt, ärgerte sie sich über sich selber. Was für einen Mist machte sie denn jetzt schon wieder? Wieso gab sie auch noch schriftlich zu, dass sie willkürlich mit ihm geflirtet hatte und es kein reiner Zufall gewesen war? Simon war sich seiner Wirkung auch ohne ihre Bestätigung mehr als bewusst, warum musste sie sein Ego noch befeuern? Und wieso entschuldigte sie sich überhaupt für ihr Verhalten?

S: Dann freue ich mich darauf, wenn du das nächste Mal betrunken bist … Wenn du in Flirtlaune bist, bist du aber auch …

Dieser Kerl war wirklich dreist! Nein, ganz sicher würde sie ihm nicht noch einmal als flirty Lorena begegnen, die würde ihm zukünftig vorenthalten bleiben, noch einmal würde sie nicht schwach werden.

L: Das sagt der Richtige. Du bist schließlich derjenige, der es faustdick hinter den Ohren hat. Flirtest mit zwei Frauen gleichzeitig, von denen eine auch noch verheiratet ist.

S: Dass ich eine männliche Schlampe bin, ist überall bekannt. Du hingegen hast es auf mir unerklärliche Weise geschafft, dir einen seriösen Ruf zu bewahren, obwohl in dir so viel Feuer lodert …

Lorena zog die Luft ein. Welche anmaßende und zugleich provozierende Antwort. Was fiel ihm ein, ihre Moral in Frage zu stellen? Ja, sie hatte für einen Moment die Kontrolle verloren, indem sie die Anziehung das erste Mal zugelassen hatte. Ja, sie hatte mit ihm geflirtet und ihm aus irgendeinem Grund unverhohlene Avancen gemacht, aber das war ein einmaliger alkoholgeförderter Ausrutscher gewesen, der sich nicht wiederholen würde. Niemals würde sie weiter gehen und Andi betrügen! *Obwohl in dir so viel Feuer lodert.* Dieser Satz berührte etwas in ihr. Sie selbst fühlte sich zurzeit eher ausgebrannt. Und doch hatte er recht. Simon schaffte es wirklich, ein Feuer in ihr anzuzünden, das sie lange nicht mehr gespürt hatte. In ihr loderte eine Glut, die eine tiefe Sehnsucht in ihr weckte. Ein Begehren, das in ihrem Leben völlig fehl am Platz war und das sie dringend unterbinden musste. So eine Aktion wie am gestrigen Abend, einen offensichtlichen Flirt mit Simon oder einem anderen Mann, würde es nicht mehr geben, sonst stand ihr Ruf, wie er es so schön formulierte, wirklich auf Messers Schneide. Wobei es ihr nicht um ihren Ruf ging, für sie stand so viel mehr auf dem Spiel. Für sie stand alles auf dem Spiel.

L: Lösch bitte meine Nachrichten! Das gestern ist nie passiert und kommt nicht wieder vor!
S: Das werden wir sehen, meine Liebe! Und diese Kommunikation werde ich vorerst aufheben. Der Beweis, dass die brave Lorena noch ein zweites Gesicht hat. Ich muss gestehen, ich mag diese Seite an dir … ;-)

Lorena atmete tief ein. Ihr Körper reagierte sofort mit einem warmen Schauer auf seine Antwort und gleichzeitig empörte sich ihre Moral über seine Dreistigkeit. Ja, es hatte Spaß gemacht, diese Seite für einen Moment wieder aus der Versenkung zu holen, aber das war nicht mehr sie. Diese alte Rolle hatte in ihrem aktuellen Leben nichts mehr zu suchen. Er wollte sie herausfordern, mit seiner Wirkung spielen, sie testen, ob er sie ebenso leicht um den Finger wickeln konnte wie all die anderen Frauen, aber er legte sich mit der Falschen an. Mit einer verheirateten Frau, die wusste, wo sie hingehörte. Es war Zeit, das Spiel zu beenden. Lorena legte das Handy ohne eine weitere Antwort zur Seite und griff wieder zu ihrem Buch. Sie wollte die Zeit für sich alleine noch genießen, bevor ihre Lieblingsmenschen zurückkamen.

Kapitel 3

Die Tage darauf gab es für Lorena keinen Grund, noch über Simon oder ihr Verhalten auf der Party nachzudenken. Zu sehr war sie im Alltag und in ihrem Leben eingespannt. Der Vollzeitjob war extrem kräftezehrend, spät nachmittags hetzte sie vom Büro in die KITA, um die Kinder abzuholen, und der Haushalt machte sich trotz gelegentlicher

Haushaltshilfe auch nicht von allein. Abends war sie froh, wenn Andi ihr das Kochen abnahm und meist schlief sie nach dem Abspann der gemeinsamen Serie schon auf dem Sofa ein.

S: Glaubst du, wir wären im Bett kompatibel?

Sie hatte den Fehler gemacht, während ihres Meetings mit den internationalen Partnern aus Gewohnheit auf ihr Smartphone zu schauen, als die Messenger-Nachricht aufploppte. Es hätte ja was mit den Kindern sein können. Lorena verlor für einen Moment die Fassung und war froh, dass sie gerade im Termin nichts zu sagen hatte, sondern nur zuhören musste. Was fiel diesem Mann ein, ihr so eine Nachricht zu schicken? Diese Frage war an Dreistigkeit nicht zu überbieten. Er wusste genau, dass sie verheiratet war und noch dazu mit einem Freund von ihm. Erzürnt packte sie ihr Handy in ihre Tasche und war fest entschlossen, nicht darauf zu antworten, rutschte aber während des gesamten Meetings unruhig auf ihrem Stuhl herum. *Kompatibel?* Ihr Körper kannte die Antwort auf die Frage. Ihr Atem ging etwas schneller, ihre Yoni schien zu nicken und ihr wurde warm im Schritt. Bye bye Konzentration, hallo unanständige Gedanken! Lorena war sich sicher, dass sie das wären, sonst würde ihre Libido nicht so auf ihn reagieren, aber das würde sie ihm bestimmt nicht auf die Nase binden. Sie versuchte, die Signale ihres Körpers zu ignorieren und strengte sich an, dem Vortrag ihres Finance-Kollegen weiter zu folgen, war jedoch nicht mehr bei der Sache. Ihre Gedanken drifteten immer wieder ab. Während die internationalen Partner ihr auf Englisch die negative Bilanz des letzten Quartals darlegten, liefen in ihrem Kopf Szenen ab, die alles andere als meetingtauglich und vor allem nicht jugendfrei waren. Als ihr Chef anhand von Analysen aufführte, warum er die letzten Joint Ventures nicht bilanziert, sondern gemäß der Equity-Methode einbezogen hatte, war sie nicht mehr aufnahme-fähig. Ihr Blut floss durch andere Körperregionen, die weit von ihrem Gehirn weg waren. Dennoch war ihr Geist noch im Stande, Bilder zu projezieren, in denen sich Simon in den Vordergrund drängte. Bilder, in denen sie sich lustvoll unter ihm aufbäumte, während er langsam in sie eindrang. Lorena war froh, als die Besprechung endlich vorbei war und sie in ihr Auto flüchten konnte. Lange hätte sie den Kollegen ihre Aufmerksamkeit nicht mehr vorspielen können. Selten hatte sie so ein anregendes, besser gesagt erregendes Finance-Meeting erlebt. Der Stoff ihres Slips war von ihren unanständigen Gedanken so feucht, dass er in ihre Spalte gerutscht war. Obwohl sie sich fest vorgenommen hatte, nicht auf Simons Nachricht zu reagieren, konnte und wollte sie seine Unverfrorenheit nicht einfach so kommentarlos hinnehmen.

L: Möglich, aber dazu wird es nie kommen!

S: Bist du dir sicher?

Wie war es diesem Kerl möglich, mit so einer einfachen Frage all ihre erogenen Zonen zu aktivieren? Sofort kribbelte wieder alles in ihrem Körper.

L: Ja, ich bin mir sicher! Und das, was in meinen Gedanken abläuft, geht niemanden etwas an.
Sie hatte schneller getippt als gedacht. Mit dem letzten Satz überschritt sie schon wieder eine Grenze. Und warum antwortete sie ihm überhaupt noch? Ihr altes „Ich" schien Regie bei dem Dialog zu führen, sie selber hatte nichts zu melden.

S: Was passiert denn in deinen Gedanken?

L: Das willst du nicht wissen. Was ich in meiner Fantasie mit dir anstelle, gehört definitiv auf den Index.

Schon hatte er es wieder geschafft, dass sie all ihre guten Vorsätze über den Haufen warf. Mit dem zweiten Satz hatte sie den Bogen überspannt. Das, was sie da schrieb, war definitiv an der Grenze dessen, was einer braven Ehefrau erlaubt war. Sie bewegte sich auf dünnem Eis und doch machte es ihr Spaß, ihn zu reizen. Ihn verbal heißzumachen und den Spieler in ihm herauszufordern. Und sie wusste, dass sie das tat. Gleichzeitig konnte sie nicht verleugnen, dass sie der Dialog selber stimulierte. All diese Bilder, die sie sonst immer zu unterdrücken versuchte, flammten mit geballter Kraft wieder auf. Lorena hatte es noch nie jemandem erzählt, weil sie sich für diese Gedanken schämte, aber tatsächlich hatte sie Simon schon öfter in ihre sexuellen Fantasien eingebunden, insbesondere dann, wenn sie sich selbst befriedigte. Sie hatte einen Tagtraum, der immer wiederkehrte und zu ihren Lieblingsvorstellungen gehörte. In diesem packte Simon sie nach einem zufälligen Treffen und küsste sie leidenschaftlich. Dann folgte immer die gleiche Szene. Er drückte sie an einen Baum in einem Wald, hob ihren Rock hoch und drang sanft in sie ein, während sie ihm willig ihr

Becken entgegenstreckte und vor lauter Hingabe die Rinde vom Baum abriss. Allein der Gedanke daran reichte, dass die Temperatur in ihrem Schoßraum wieder anstieg.

S: Lorena, Lorena … Weiß denn dein Mann davon, was du in deinen Gedanken so mit mir treibst? Abgesehen davon traue ich dir den Index nicht zu.

Die Dreistigkeit, die Simon an den Tag legte, war durch nichts zu überbieten. Erst gab er ihr so eine Steilvorlage, machte sie heiß, brachte sie dazu, eine weitere Grenze zu überschreiten und dann erinnerte er sie daran, dass sie verheiratet war und ihr ein solcher Flirt nicht zustand. Lorena merkte, wie ihr Puls in die Höhe schoss. Sie ärgerte sich, dass sie schon wieder über die Stränge geschlagen und sich auf Simons Provokation eingelassen hatte. Es drehte sich hier nur um sein Ego, er wollte sich selber beweisen, dass er sie haben konnte, wie alle anderen Frauen auch. Es war sein Spiel, nicht ihres und sie hatte keine Lust, seine Spielfigur zu sein. Schluss jetzt, sie würde sich nicht weiter von ihm herausfordern lassen.

L: Solange mein Mann derjenige ist, der im Bett von meinen Fantasien profitiert, sehe ich keinen Grund, warum ich wegen meiner Gedanken ein schlechtes Gewissen haben sollte.

Es wurde Zeit, Simon den Wind aus den Segeln zu nehmen und sich wieder auf sicheres Terrain zu begeben. Er wollte Andi ins Spiel bringen, um sie an ihre Moral zu erinnern? Das hatte er geschafft. Der Flirt war von ihrer Seite hiermit vorbei und noch einmal würde sie sich nicht aus der Reserve locken lassen.

S: Gib mir einen Beweis, dass ich dir das mit dem Index abnehmen kann, anderweitig sollte ich mal ein ernstes Wörtchen mit deinem Mann reden … ;-)

Lorena stieg in ihren dunkelblauen VW Tiguan mit Ledersitzausstattung und schlug die Tür etwas energischer als sonst zu. Ihr Blutdruck schoss spürbar in die Höhe. Was war das denn jetzt? Wie ambivalent war sein Verhalten? Jetzt trieb er das Spiel auf die Spitze. Meinte er das ernst? Er glaubte doch nicht wirklich, dass sie auf diese Provokation einsteigen würde. War er tatsächlich so von seinem Sexappeal überzeugt, dass er glaubte, sie würde noch einen Schritt weiter gehen? Sie atmete tief durch, um sich zu sammeln und spürte gleichzeitig, dass ihre Vagina aufgeregt pochte.

Während ihr Verstand ihr eindeutig die Grenzen aufzeigen wollte, schien ihre Libido sich von seiner Aufforderung zum Tanz angesprochen zu fühlen. Das konnte doch jetzt nicht wahr sein. Ihre Vulva hatte an dieser Stelle definitiv nichts zu melden. Sie atmete tief ein, um ihren Puls wieder zu normalisieren. Obwohl ihr innerer Moralapostel versuchte sie zurückhalten, musste sie sich eingestehen, dass sie es insgeheim spannend fand, dass er sie auf diese Art und Weise aus der Reserve locken wollte. So ganz kalt hatte ihn ihre Nachricht mit dem Index wohl doch nicht gelassen. Ihre erste Erzürnung über seine Message wich einer Belustigung. Wenn sie ehrlich zu sich war, konnte sie sich nicht vorstellen, dass Simon sie ernsthaft vor Andi bloßstellen würde, er war kein Arschloch, lediglich ein Spieler, der das Spiel liebte. Er wollte sie nur provozieren und testen, wie weit sie in sein Spiel einsteigen würde. Zumindest hoffte sie das. Insgeheim musste sie sich eingestehen, dass diese Provokation sie durchaus reizte, aber ihr war klar, dass sie diesem Reiz auf keinen Fall nachgeben durfte. Jede weitere Nachricht an ihn war eine Gratwanderung, aber genau diese Gratwanderung gab ihr einen gewissen Kick. Einen Kick, den sie in ihrem Alltag so vermisste. Einen Kick, der die Leidenschaft in ihr weckte, die sie so lange unterdrückt hatte. Und solange sie selber die Regeln aufstellte, konnte sie sich doch drauf einlassen, oder nicht? Es lag schließlich in ihrer Hand, wie weit sie gehen würde und wann für sie Schluss wäre. Bisher war es ja letztlich nicht mehr als ein kleiner Flirt. Ein paar harmlose Nachrichten, mehr nicht. Sie hatte in Bezug auf Simon bereits eine Grenze überschritten, aber diese konnte sie für sich selber noch guten Gewissens vertreten. Lorena startete den Motor, fuhr aber nicht los, sondern spürte in sich hinein, um ihre Gefühle und Gedanken zu sortieren. Mit seinen provozierenden Nachrichten hatte es Simon geschafft, sie unglaublich zu erregen. Es war, als würde er all die verborgenen Sehnsüchte in ihr wecken, die darauf brannten, endlich rausgelassen zu werden. Lorena zögerte kurz, sie merkte, wie ihre Leidenschaft überhandnahm und versuchte, den Verstand auszuschalten. Sie legte ihre Hand auf ihr Becken und spürte die Wärme. Sollte sie wirklich auf seine Forderung eingehen? Konnte sie es mit sich selbst vereinbaren, noch eine weitere Grenze zu überschreiten? Traute sie sich, in sein gewagtes Spiel einzusteigen? In ihrem Schoß war es warm. Ihre Vagina tanzte. Lorena schob ihre Hand an ihrem Schritt vorbei und legte diese auf ihre pulsierende Vulva, um die Energien zu spüren, die da durchströmten. In ihrem Slip hatte sich ein heißer, feuchter Film gebildet. Ihr Körper sendete ihr klare Signale der Lust und eine leise Stimme in ihr flüsterte „ja", was sie letztlich dazu veranlasste, sich über ihre Moral hinwegzusetzen und einem wagemutigen Impuls zu folgen. Kurzentschlossen schaltete sie ihr Handy auf Videomodus und drehte die Kamera in Richtung ihres Beckens. Sie griff unter ihren Businessrock, zog ihren Slip aus und hielt ihn demonstrativ vor die filmende Kamera. Dann schob sie eine Hand unter ihren Rock, umkreiste mit dem Zeigefinger ihre Klitoris, streichelte ihre Yoni und stimulierte sich selbst. Ihr ganzer Körper seufzte unter ihrer Berührung auf und der Zervixschleim umhüllte nass ihren Finger. Spontan leckte sie den Finger ab, um ihre eigene Lust zu schmecken, zwinkerte in die Kamera und drückte auf *Senden*. Für gewöhnlich schmeckte ihr Saft ähnlich wie Buttermilch, nur heute war sie schon so erregt, dass sie den Geschmack als wesentlich süßer empfand. Kaum hatte sie auf *Senden* gedrückt, stieg Panik in Lorena auf. Was hatte sie getan? Was war da eben in sie gefahren? Das war mehr als eine Grenzüberschreitung gewesen! Eine absolut unüberlegte Kurzschluss- reaktion, die sie jetzt nicht mehr rückgängig machen konnte! Panisch versuchte sie, das Video zu löschen, musste aber im gleichen Moment feststellen, dass es zu spät war. Auf ihrem Display erschienen zwei blaue Häkchen. Ihr Herz klopfte wie wild. Das war purer Wahnsinn, was sie da gemacht hatte. Mit dieser Affekthandlung hatte sie den Bogen mehr als überspannt. Jetzt hatte Simon sie in der Hand und sie konnte den Flirt nicht mehr verharmlosen. Mit diesem Video hatte sie ganz klar ein Tabu gebrochen, sich auf das Terrain des Verbotenen begeben. Ihr ganzer Körper war vollgepumpt mit Adrenalin, ihr Puls war auf hundertachzig. Lorena war bewusst, dass sie gerade zu viel riskiert hatte, dass sie mit dem Feuer spielte, aber gleichzeitig musste sie sich eingestehen, dass es sie antörnte, Simon anzumachen. Sie war sich sicher, dass Simon mit einem Ständer auf ihr Video reagieren würde. Mit ihrer Courage hatte er bestimmt nicht gerechnet, als er sie herausgefordert hatte. Jetzt stand es erst mal eins zu null für sie. Überrascht von ihrer eigenen Kühnheit lachte Lorena nervös laut auf, atmete noch mal tief durch, legte den Gang ein und fuhr los, mit einem Gefühl, das sie selber nicht zuordnen konnte. Einer Mischung aus Aufregung, einem Kribbeln im Bauch und einem unglaublich schlechten Gewissen. Trotzdem genoss sie auf dem

Weg zur KITA das Gefühl ihrer nackten, feuchten Yoni auf dem kühlen schwarzen Ledersitz.

Kapitel 4

Im Radio lief *Wenn sie tanzt* von Max Giesinger. Lorena stand in der Küche und schnippelte Gemüse für ein neues Bowl-Rezept. Sie liebte es, frisch zu kochen, wobei sie häufig aus Bequemlichkeit und aufgrund der eingeschränkten Lieblingsgerichte ihrer Kinder doch auf die schnelle und ungesunde Küche zurückgriff. Statt gesunden Gerichten gab es viel zu oft Nudeln mit Tomatensauce, Fischstäbchen oder Pfannkuchen. Normalerweise hing sie beim Kochen gerne ihren Gedanken nach und genoss es, einen Moment für sich zu sein, sofern Andi sich derweil mit den Kindern beschäftigte, aber heute war sie nicht konzentriert bei der Sache. In ihrem Kopf herrschte schon seit einigen Tagen Chaos. Seitdem sie Simon das Video geschickt hatte, war sie etwas neben der Spur. Wieder und wieder hatte sie sich gefragt, was sie zu dieser unüberlegten Kurzschlussreaktion verleitet hatte, und sie konnte sich selber keine Antwort darauf geben. Jedes Mal, wenn sie an das Video dachte, überfiel sie ihr Schamgefühl, das sie zu verdrängen versuchte, weil es sie wahnsinnig machte. Niemals hätte sie Simon diese Aufnahme schicken dürfen! Was war in dem Moment nur in sie gefahren? Auf ihre letzte Nachricht und das Video hatte er nicht mal mehr reagiert, was ihr Schuldgefühl erst recht verstärkte. Sie war definitiv zu weit gegangen und hatte keine Ahnung, wie sie Simon nach dieser Aktion je wieder in die Augen schauen sollte. Es machte sie verrückt, dass er bisher nicht geantwortet hatte, und sie malte sich die verheerendsten Szenen aus, was er mit dem kompromittierenden Material alles anstellen konnte. Mit diesem Video hatte sie ihm Macht über sich gegeben. Was wäre, wenn Simon die Aufnahme Andi oder jemand anderem aus dem Freundeskreis zeigen würde? Würde er so weit gehen? Sie war sich nicht sicher, ob sie ihm vertrauen durfte. Sie konnte ihn nicht einschätzen und diese machtlose Situation gefiel ihr ganz und gar nicht und machte sie nervös. Jedes Mal, wenn Andi in ihrem Beisein eine Nachricht bekam, zuckte sie innerlich zusammen und hoffte, dass sie nicht von Simon kam. Sie hatte zwar wenig Angst davor, dass durch den Beweis ihrer Unsittlichkeit ihre Ehe in die Brüche gehen würde, vielmehr hatte sie Angst, Andi zu verletzen, denn das hatte er auf keinen Fall verdient. Klar, sie hatten ihre Streitigkeiten und manche Dinge an ihm brachten sie jedes Mal wieder zur Weißglut, aber er war ein toller Mann, der sie noch nie verletzt hatte und sein Bestes tat, um sie und die Kinder glücklich zu machen. Lorena verstand selber nicht, woran sie zweifelte. Sie konnte sich nicht erklären, warum sie die Beziehung in letzter Zeit nicht mehr als erfüllend empfand. Das Problem war nicht Andi. Er verhielt sich ihr gegenüber wie immer, er gab sich Mühe und brachte sich aktiv ins Familienleben ein. Trotzdem bemerkte sie, dass sie ihren Alltag und das Beziehungskonstrukt der Ehe seit dem Flirt mit Simon mehr und mehr in Frage stellte. Die Hochzeit, die Familie, das Haus, den Status, das alles hatte sie sich immer gewünscht und hart dafür gekämpft. Es stand für sie außer Frage, das jemals wieder aufgeben zu wollen. Und dennoch keimten in ihr Zweifel auf, ob das Leben, das sie gerade führte, wirklich ihr Leben war, oder ob sie ein Paradigma lebte, das ihr die Gesellschaft aufgezwungen hatte. Sie hatte bei Andi noch nie Schmetterlingsschwärme in ihrem Körper gespürt, anfangs war manchmal ein einzelner kleiner Schmetterling durch ihren Bauch geflogen, aber der hatte sich schon lange nicht mehr blicken lassen. Natürlich hatten sie auch schöne Zeiten und sie genoss die Nähe – oder war es Gewohnheit? –, aber trotz alledem hatte Lorena immer öfter das Gefühl, nicht ganzheitlich glücklich zu sein. Stattdessen wuchs in ihr eine Sehnsucht, die sie nicht genau definieren konnte. „Mama, darf ich das Besteck schon auf den Tisch legen?" Amelie kam fröhlich lachend in die Küche gehüpft und unterbrach Lorena bei ihren Gedanken, die sowieso zu nichts führten. Sie lächelte ihre Große voller Liebe an und strich ihr zärtlich über den Kopf. Wie erwachsen und vernünftig sie doch schon für ihre fünf Jahre war. „Na klar, meine Süße. Ich freue mich, wenn du mir beim Tischdecken hilfst." Amelie klaute sich einen Süßkartoffelchip vom Teller und hüpfte auf einem Bein zum Esstisch. Lorenas Herz öffnete sich und sie ließ sich von der Freude ihrer Tochter anstecken. Wie so oft dachte sie, dass es schade war, dass nur wenige Erwachsene noch die Begeisterung und die Fröhlichkeit eines Kindes in sich trugen. Wo war im Erwachsenenalter die Leichtigkeit hinverschwunden, die für Kinder so selbstverständlich war? Sie hatte das Gefühl, die Menschen verloren in der Leistungsgesellschaft, in der der Druck und die Geschwindigkeit immer größer wurden, mehr und mehr den Zugang zu sich selber. Sie selbst konnte sich davon nicht ausnehmen. So oft funktionierte sie unter der Last des Alltags einfach nur. Sie hatte sich zwar schon oft vorgenommen, Meditation und Achtsamkeitsübungen regelmäßig in ihr Leben einzubauen, dennoch verschob sie dieses Vorhaben immer wieder aufs Neue, um keinen weiteren Task auf ihrer To-do-Liste zu haben. Im Kinderzimmer hörte sie, wie Andi und Luis miteinander spielten. Andi machte Brummgeräusche, die alles andere als erotisch waren, während Luis, der gerade zwei geworden war, sich aus vollem Herzen kaputtlachte. Wie sie dieses Lachen liebte. Das Lachen ihrer Kinder gehörte zu den schönsten Geräuschen, die sie kannte. Andi war ein wirklich toller Vater, der die Engelsgeduld mit den beiden hatte, die ihr häufig fehlte. Sie hatte die perfekte Familie. Sie war zwar nach all der Zeit nicht mehr so verliebt in ihren Mann wie am Anfang der Beziehung und der Alltag als vollzeitberufstätige Mutter war anstrengender, als sie es sich je hatte vorstellen können, aber eigentlich war sie glücklich. Eigentlich! Dieses eine Wort, das alles in Frage stellte und wieder relativierte. Sie konnte sich nicht erklären, warum sie ihr Familienleben mit dieser Einschränkung beurteilte. Was genau war es, was ihr fehlte? Beim Essen hatte Andi wie gewohnt das Handy neben seinem Teller liegen. So oft hatten sie sich deswegen schon in die Haare bekommen, weil sie sich wünschte, dass er zumindest während der gemeinsamen Essenszeit das Smartphone zur Seite legen würde. Aber Andi war ständig damit beschäftigt, entweder die Fußballergebnisse oder den Stand seiner Kryptowährungen zu prüfen. Themen, mit denen sie sich trotz ihres Jobs in der Finanzbranche nicht auskannte und auch nicht beschäftigen wollte, obwohl Andi darin mit Leidenschaft aufging. Diesmal sagte sie nichts, wohl wissend, dass auch sie an einer Smartphonesucht litt. Nur statt sich über Bitcoin-wertsteigerung zu informieren, war sie häufig auf Facebook unterwegs, wo sie stundenlang Zeit damit verbrachte, sinnlose Kommentare von Leuten, die sie nicht kannte, in irgendwelchen Foren zu lesen. Lorena pulte das Gemüse, das Luis nicht essen wollte, von seinem Teller und sortierte ihm liebevoll seine geliebten Kartoffeln und Erbsen zurecht, während sie darüber sinnierte, wann Andi und sie sich das letzte Mal tiefgründig miteinander unterhalten hatten. Reumütig musste sie feststellen, dass sie sich nicht daran erinnern konnte. Ihre Gespräche drehten sich meist nur um den Alltag, Probleme in der Arbeit oder die Kinder. In ihrer Anfangszeit hatten Andi und sie stundenlang telefoniert, über Träume und Wünsche philo-sophiert und eine gemeinsame Reise nach Südamerika geplant, die bisher nie stattgefunden hatte. Aber nach all den Jahren hatten sie sich kaum mehr was zu sagen und ihre Visionen schon lange nicht mehr thematisiert. Südamerika war 4.874 km weit weg und schien ihr aktuell entfernter denn je zu sein. Lorena schluckte bei der Erkenntnis, dass sie sich aus den Augen verloren hatten, und sie schaute Andi seit langem mal wieder bewusst an. Er war schon immer ein schöner Mann gewesen. Seine dunklen Locken und seine blauen Augen waren ihr damals an ihm zuerst aufgefallen, genauso wie sein liebevolles, weiches Gesicht. Er war nie ihr klassisches Beuteschema gewesen, vor Andi war sie immer bei Machotypen mit markanten Gesichtszügen schwach geworden, aber er hatte von Anfang an etwas Vertrauensvolles und Liebes ausgestrahlt. Andi alberte mit Amelie herum und tat so, als wollte er ihr die Süßkartoffeln klauen und Lorena spürte einen Kloß im Hals und eine Sehnsucht nach den alten Zeiten. Nach den Zeiten, in denen sie mit Andi glücklich gewesen war und ein Kribbeln im Bauch verspürt hatte. Sie musste dringend mal wieder an ihrer Beziehung arbeiten, sie war es, die unachtsam ihm gegenüber geworden war, alles schleifen ließ und dem Alltag zu viel Platz einräumte. Etwas wehmütig legte Lorena ihre Hand auf Andis und er schaute ihr einen Moment überrascht von der unerwarteten Berührung in die Augen. „Lass uns mal wieder ohne die Kinder essen gehen, Schatz. Du fehlst mir." Andi nickte und schob sich eine Gabel nach. „Ja, oder wir bestellen mal wieder etwas vom Griechen und eine schöne Flasche Wein dazu. Das haben wir lange nicht mehr gemacht. Was meinst du?" Bevor Lorena auf seine enthusiastische Antwort reagieren konnte, vibrierte Andis Handy. Ein flüchtiger Blick auf sein Display und die Messenger-benachrichtigung reichte und sie vergaß, was sie hatte sagen wollen. Sofort schoss ihr Puls in die Höhe. Simon! Augenblicklich sah sie sich wieder ohne Slip auf dem Fahrersitz und das Schamgefühl hinsichtlich der Videoaktion meldete sich erneut mit voller Wucht. Simon und Andi waren nicht gut befreundet, warum also schrieb Simon ihm? Was war, wenn sie sich in Simon getäuscht hatte? Was war, wenn Simon sich entschlossen hatte, Andi die Wahrheit zu sagen? Ihm das Video zu schicken? Was war, wenn Männer doch mehr zusammen-hielten, als sie bisher angenommen hatte? So war es bei Frauen schließlich im Zweifel auch. Sie versuchte, cool zu bleiben und wartete ab, bis Andi die Nachricht gelesen hatte. Zumindest seiner Reaktion nach schien es nichts Verfängliches zu sein. Kein schneller Atem, kein entsetztes Gesicht. „Na, wer schreibt?" Lorena versuchte, so belanglos wie möglich zu klingen, dabei war sie merklich angespannt. „Simon, er ist heute dran mit dem Männerabend und fragt, ob ich auch dabei bin. Steht schon seit Wochen, ich hatte es nur vergessen." Lorenas Anspannung fiel wieder ab. Der monatliche Männerabend, den veranstalteten die Männer der Clique in regelmäßigen Abständen, entweder in irgendeiner Bar oder bei einem der Jungs zu Hause zum Burger essen. „Klar, geh doch hin!" Lorena hatte nichts dagegen, mal wieder einen Abend das Sofa für sich zu haben. Sie hatte sich schon lange vorgenommen, einen Onlinekurs über digitale Fotografie zu buchen, aber bisher hatte sie nie die Muse dazu gefunden. Zwar bereitete ihr der Gedanke daran, dass Simon und Andi unter Einfluss von Alkohol aufeinander-treffen würden, ein gewisses Unbehagen, aber bisher hatte Simon seine Karten nicht ausgespielt, warum also sollte er es genau heute tun.

Als Andi weg war, kümmerte sie sich um die Kids. Sie machte sie bettfertig, nahm beide Kinder auf den Schoß und las ihnen eine Geschichte vor. Luis schlief noch währenddessen mit einem Lächeln auf den Lippen und seinem Kuschelhund im Arm ein. Sie trug ihn in sein Bett, deckte ihn zu und gab ihm einen Kuss auf die Stirn. Wie immer überkam sie eine Welle purer Liebe. Egal wie oft die Kinder sie an ihre Grenzen brachten, weil sie eben doch kleine Individuen mit einem eigenem Kopf waren, wenn sie schliefen, waren alle Strapazen vergessen. Es gab nichts Friedlicheres als ein schlafendes Kind. Wann immer sie ihre Kinder beim Schlafen beobachtete, war sie komplett im Moment. Liebevoll strich Lorena Luis die dunkle Locke seines Vaters aus dem Gesicht und lächelte verliebt. Ihr kleiner Herzensbrecher, der jetzt schon das Talent hatte, jeden mit seinem Charme um den Finger zu wickeln. Sie zog Luis die Decke noch mal nach und wechselte zu Amelie ins Zimmer, die geduldig auf dem Boden mit ihrem Plastikpferd spielte und darauf wartete, dass Lorena ihr endlich ihre ungeteilte Aufmerksamkeit widmete. Amelie ließ sich nie so leicht ins Bett bringen wie ihr kleiner Bruder. Sie war ein Wildfang und hatte einen starken Kopf und ihren eigenen Willen. Amelie grinste sie schelmisch an, drückte bei ihrem CD-Player auf Start, fing an zu ihrer Kindermusik zu tanzen und zog übermütig an Lorenas Arm. „Komm Mama, wir tanzen!" Kurz war Lorena versucht, ihr das auszureden und sie einzubremsen. Auf Kinderlieder hatte sie jetzt wirklich keine Lust. Sie war müde und wollte endlich Feierabend haben. Amelie lachte vergnügt und Lorena änderte ihre Meinung und entschied spontan, sich ihrer Tochter für einen Moment ganz hinzugeben. Sie ließ sich von Amelies Begeisterung anstecken und tanzte mit ihr durchs Kinderzimmer, bis sie selbst außer Atem war. Lachend ließ sich Lorena auf Amelies Bett fallen und Amelie kuschelte sich glücklich an sie und erzählte zehn Minuten ohne Punkt und Komma von ihrem kleinen Freund, bis sie endlich müde wurde. Lorena streichelte ihr die Stirn, bis Amelie zur Ruhe kam. „Ich hab dich lieb, Mami." Mit dem Satz drehte sie sich um und war in der gleichen Sekunde eingeschlafen. Lorena lächelte glückselig und flüsterte: „Ich hab dich auch lieb. Weil du so bezaubernd bist." Dann schlich sie sich leise aus dem Zimmer.

Endlich Feierabend. Jetzt fing nach einem 15-Stunden-Tag endlich ihr Abend an. Lorena schenkte sich ein Glas Rotwein ein und machte es sich auf dem Sofa bequem. Einen Moment kam ihr der Onlinekurs über Profil-Fotografie in den Sinn, den sie schon ewig unter ihren Link-Favoriten gespeichert hatte, aber heute hatte sie nicht mehr die Lust, noch etwas Neues zu lernen. Das Vorhaben musste warten, bis sie irgendwann dafür mal Zeit finden würde. Stattdessen schlug sie den Thriller ihres Lieblingsautors auf und war schon nach der ersten Seite gefesselt von der Spannung, die er aufbaute und mit jedem Wort noch zu steigern vermochte. Lorena war fasziniert davon, wie man so schreiben konnte. Sie selber war, was das Schreiben anging, völlig talentfrei. Selbst einfache Formulierungen oder Geburtstagskarten bereiteten ihr manchmal schon Kopfschmerzen. Aus diesem Grund arbeitete sie auch in der Finanzabteilung ihres Unternehmens und nicht im Kreativbereich. Gerade als sie sich ihren Wein nachschenken wollte, vibrierte ihr Handy. Ein kurzer Blick auf das Display reichte und schon war es mit ihrer Konzentration in Bezug auf ihren Thriller vorbei. Das Leben war eindeutig spannender als ihr Buch. Sofort beschleunigte sich ihr Herzschlag. Eine Message von Simon mit einem Bild, auf dem Andi und er Arm in Arm in die Kamera grinsten und sich zuprosteten. Was kam denn nun schon wieder?

S: Liebe Grüße von deinem Mann, wir verstehen uns heute wunderbar!

Das Smartphone in Lorenas Hand zitterte. Sie zoomte das Bild größer. Andi lachte. Keine Anzeichen davon, dass er über ihr kleines Geheimnis Bescheid wusste. Simon grinste frech in die Kamera. Da war er schon wieder. Dieser unverschämte, selbstbewusste Blick, der sie so anmachte. Seine Intention war offensichtlich. Simon zielte darauf ab, das nächste Level seines Spiels einzuläuten. Er legte es darauf an, eine weitere unüberlegte Reaktion von ihr herauszufordern. Sie beschloss, nicht zu antworten. Sie durfte sich diesmal auf keinen Fall zu irgendwas hinreißen lassen. Vor allem nicht jetzt, da Andi scheinbar gerade neben Simon zu stehen schien. Das war zu riskant. Lorena klappte ihr Buch zu und hielt ihr Handy in der Hand und den Chat mit Simon offen. Simon war immer noch online, als würde er auf eine Reaktion von ihr warten. Die Situation machte sie nervös. Was plante Simon nun wieder? Konnte sie ihm vertrauen? Wie sollte sie reagieren, wenn Simon Andi doch die Nachrichten und vor allem das Video zeigte? Das würde Andi kaputtmachen und sie würde sich im gesamten Freundeskreis nicht mehr blicken lassen können. Sie nahm einen großen Schluck von ihrem Rotwein, aber der konnte ihre Nervosität und die unsittliche Erwartungshaltung, die auf einmal von ihrem Schoß ausging, auch nicht regulieren. Bloß nicht antworten. Sie legte das Smartphone demonstrativ zur Seite, stand auf und holte sich in der Küche ein Stück Schokolade, um ihre aufsteigende Lust auszutricksen und die frivolen Fantasien zu unterdrücken, die sich bereits wieder aufdrängten. Sie versuchte, sich mit dem Fernseher abzulenken, behielt das Handy aber trotzdem im Auge. Als sie sah, dass Simon erneut schrieb, hatte sie die Nachricht offen, bevor sie überhaupt die Messenger-Benachrichtigung bekommen hatte.

S: Wie würdest du reagieren, wenn ich bei dir vorbeikommen würde, jetzt wo du so allein daheim bist?!

Lorena zuckte zusammen. Das hatte Simon nicht wirklich geschrieben, obwohl er gerade neben ihrem Mann stand. Der Typ überbot seine Dreistigkeit, die er beim letzten Chat bereits an den Tag gelegt hatte, erneut um Längen. Er setzte noch einen drauf, um sie zu provozieren. Obwohl Lorena es sich nicht eingestehen wollte, gelang es ihm durchaus, sie mit seinem Verhalten zu reizen. Ihr ganzer Körper schüttete sofort Adrenalin aus. Die Vorstellung war in der Tat heiß. Aber würde er jetzt an der Tür klingeln, würde sie ihn sicher nicht rein, geschweige denn sich zu irgendeiner unanständigen Handlung hinreißen lassen. Was dachte er eigentlich, wer er war? Nur weil sie ein bisschen mit ihm geflirtet hatte, hieß das nicht, dass sie tatsächlich mit ihm schlafen oder sich auf weitere Schritte einlassen würde. Das war eine moralische Grenze, die sie mit Sicherheit nicht überschreiten würde. Gedanken und Fantasien waren das eine, dafür wurde noch nie jemand des Ehebruchs verurteilt, aber es tatsächlich auch in die Tat umzusetzen … so weit würde es nie kommen, egal wie sehr Simon sie in Versuchung führte. Das könnte sie mit ihrem Gewissen niemals vereinbaren. Auf gar keinen Fall würde sie Andi das antun. Obwohl ihr innerer Moralapostel mit erhobenem Zeigefinger vor ihr stand, hatte Simon es wieder einmal geschafft, sie zu erregen. Allein die Gedanken daran, wie er sie aufs Sofa schob und ihr ihr T-Shirt über den Kopf zog, elektrisierten ihren ganzen Körper. Ihm jetzt zu antworten, war riskant. Schließlich war Andi in Simons Nähe und das Risiko, dass er einen Blick auf Simons Smartphone erhaschen könnte, war groß. Aber genau diese Gefahr machte den Nervenkitzel aus, der das Blut in ihren Adern zum Pulsieren brachte. Sie konnte sich eine Reaktion nicht verkneifen.

L: Du traust dich was, mir das zu schreiben! Wie kommst du darauf, dass ich dir die Tür aufmachen würde?

S: Wir wissen beide, dass du mich reinlassen würdest. ;-)
Da ich aber einen Männerabend auszurichten habe,
müssen wir das vorerst leider vertagen. Nichtsdestotrotz
möchte ich, dass du heute Spaß hast, meine Liebe.
Genieß deinen sturmfreien Abend … und lass mich
daran teilhaben. Lenk mich ab, ansonsten komme ich
vielleicht in Versuchung, mir mit den Jungs interessante
Videos anzusehen …

Sein Selbstbewusstsein war zum Kotzen anziehend! Und diese Doppeldeutigkeit schon wieder! Ihre Vagina zumindest hatte sie verstanden. Wie auf Kommando wurde sie feucht. Ihre Yoni würde ihn, oder besser gesagt seinen Lingam, mit Sicherheit reinlassen, aber zum Glück war es nicht ihre Muschel, die hier Entscheidungen treffen durfte. Simon schaffte es mit seiner selbstgefälligen Art schon wieder, Lorena auf die Palme und in ihre Erotik zu bringen. Sofort drehte ihr Puls auf, weil sie sich über diese erneute Forderung von seiner Seite so aufregte und sie die neue Challenge, die er ihr stellte, gleichzeitig unglaublich aufregend fand. Sie spürte, wie ihr das Adrenalin ins Blut und in ihren Schoßraum floss und ihre Vulva richtig durchblutete. Simon wusste, welche Knöpfe er bei ihr drücken musste, um ihr Begehren zu wecken. Diese eine Nachricht reichte, um ihre Libido aus dem Stand-by-Modus zu holen, und sie sehnte sich nach einem Orgasmus, um diese Energien zu potenzieren. Die Gedanken an Simon und das, was er alles mit ihr anstellen konnte, erregten sie wahnsinnig und in ihrer Fantasie hatte sie schließlich die Freiheit, mit ihm zu schlafen. Sie nahm noch einen Schluck Rotwein und wechselte ins Schlafzimmer, wo sie in ihrer Schublade des Nachttischs zu ihrem Vibrator griff, ließ sich aufs Bett fallen und öffnete langsam den Knopf ihrer Jeans. Er wollte, dass sie Spaß hatte? Das konnte er haben! Aber bestimmt würde sie das nicht für ihn dokumentieren, das war ein zu intimer Moment!

Lorena streifte ihre Jeans und ihren schwarzen Spitzenslip vom Körper, zog sich ihren Kuschel-pulli aus, öffnete geübt ihren BH, spreizte ihre Beine und legte eine Hand auf ihre Yoni, um die Wärme zu spüren. Sie stellte sich vor, Simon nackt neben sich zu haben. Sie spürte in Gedanken seine Hände auf ihrem Körper und fing an, sich hingebungsvoll selber zu streicheln, als würde sie jeden Zentimeter ihres Körpers erforschen wollen. Von ihren Oberschenkeln glitten ihre Finger sanft zu ihrem Bauch, über ihre Taille bis hin zu ihren Brüsten, die sich immer noch fester anfühlten, wenn sie erregt war. In ihrer Fantasie lag Simon mit seinem nackten, trainierten Oberkörper auf ihr und küsste sie leidenschaftlich, wild, hemmungslos. Bei dem Gedanken daran sammelte sich ihr warmer Saft zwischen ihren Beinen und ihre Muschel fing zu pulsieren an und verlangte nach noch mehr Zärtlichkeiten. Sie streichelte ihre Schamlippen, die sich daraufhin bereitwillig öffneten und sich auf das Empfangen einstellten. Ihre Haut an der Stelle war so weich, so empfindlich. Ihre Klit berührte Lorena bewusst noch nicht, sie wollte, dass sich die Lust so richtig aufstaute, nur so wurde der Orgasmus am intensivsten. Sie stellte sich vor, wie Simon sanft und langsam in sie eindringen würde. Das war der Moment, den sie beim Sex immer am meisten genoss. Wenn die Spannung sich schon so aufgebaut hatte, dass ihre Vagina schier nach Aufmerksamkeit schrie und dann durch den ersten Stoß endlich erlöst wurde. Der Gedanke an seinen prallen, steifen Lingam in ihr steigerte ihre Erregung ein weiteres Mal. Sie bewegte kreisförmig ihr Becken, spannte die bereits zuckenden Muskeln in ihrer Yoni an und rieb in langsamen Bewegungen über ihre Perle, um ihren Nektar auf ihrer Klitoris zu verteilen. Gleichzeitig führte sie einen Finger in sich ein, um sich selbst zu stimulieren. Mit der zweiten Hand streichelte sie ihre Brust und liebkoste ihre Brustknospen, die sich schon fest nach vorne streckten. Sie spürte die Energie der Weiblichkeit, die von ihren Brüsten in ihr Becken strahlte und sich dort potenzierte. Ihr gesamter Körper zuckte bereits vor Erregung, ihr Atem ging deutlich schneller, der erste Orgasmus kündigte sich an, aber das Gefühl war zu gut, sie wusste, wie sie es noch steigern konnte. Sie atmete bewusst in ihr Becken und spannte ihren Gesäßmuskel an, um die Spannung in ihrem Schoß zu intensivieren, und rieb weiter ihre Klit. In ihren Gedanken nahm Simon sie leidenschaftlich und in all seiner Präsenz und sie streckte sich ihm willig entgegen, während er sie beim Sex festhielt. Sie stellte sich vor, wie es wäre, seinen Schwanz immer tiefer in sich zu fühlen und mit ihm zu verschmelzen. Diese Fantasie machte sie schier wahnsinnig. Sie liebte das Gefühl, von einem Schwanz ausgefüllt zu sein. Die Lust eines attraktiven, heißen Mannes und sein Körpergewicht zu spüren und sich sexuell mit ihm zu verbinden. Lorena griff nach ihrem Vibrator und hielt ihn summend an ihre Perle. Der erste klitorale Höhepunkt überrollte sie augenblicklich, kurz und intensiv, und sie stöhnte lustvoll auf und spürte, wie die nächste, viel mächtigere Welle sich schon anbahnte. Jetzt waren ihre Hormone richtig in

Wallung, das war erst das Vorspiel. Sie stieß ihren Finger rhythmisch in ihre heiße Höhle und stimulierte ihre feuchte Vagina. Sie spürte das Pulsieren ihres Beckenbodens. Mit dem Vibrator bearbeitete sie gleichzeitig ihren mittlerweile schon angeschwollenen Kitzler, der von ihrem klaren Vaginalschleim überdeckt war. In ihrer Vorstellung war Simon kurz davor, in ihr zu kommen, sie konnte regelrecht fühlen, wie sein zuckender Schwanz warmes, heißes Sperma in ihr ergoss, so erregt und feucht war sie selber schon. Sie penetrierte sich intensiver und nahm einen zweiten Finger hinzu. Sie träumte von Simons Gewicht auf ihrem Körper, stellte sich seinen Penis in ihrer pochenden Muschel vor und atmete noch gezielter in ihr Becken. Sie war kurz davor zu explodieren. Ihr Atem ging schnell, ihr Herz raste, alles in ihrem Unterleib zuckte und im gleichen Moment überkamen sie die Orgasmen wellenartig. Klitoral und vaginal gleichzeitig. Sie stöhnte ihre Leidenschaft raus, ihre Hüfte bäumte sich unkontrolliert auf, ihr Uterus, nein ihr ganzer Körper kontrahierte und es war, als würde ein elektrisch aufgeladener Blitz der Lust von ihrer Vagina durch jede Zelle ihres Körpers tanzen und sich schließlich in ihrem Kopf entladen. Es dauerte ein paar Sekunden, bis Lorena wieder bei sich war, wieder in ihrem Schlafzimmer ankam. Wie sie dieses Gefühl doch liebte. Es gab nichts, was sie mehr entspannte und mehr ins Jetzt brachte als ein guter Orgasmus. Sie lächelte befriedigt und Simons Nachricht kam ihr in den Sinn. Sie hatte Spaß gehabt, aber noch hatte sie seine Forderung, ihn daran teilhaben zu lassen, nicht erfüllt. Er hatte zwar gedanklich die Hauptrolle dieses Aktes gespielt, er war schuld, dass ihre Fantasie so gut gewesen war, aber sie hatte ihm noch keinen Beweis dafür geliefert, dass sie seine Aufgabe in die Tat umgesetzt hatte. Sie beschloss, dass er ein kleines Dankeschön verdient hatte, denn die Intensität des Orgasmus hatte sie durchaus ihm zu verdanken.

Sie nahm den Vibrator, an dem noch sichtbar ihr Saft glänzte, mit ins Wohnzimmer, legte ihn auf das Buch neben ihr Glas Rotwein und schoss ein Foto, das sie ihm schickte. Sie konnte nur hoffen, dass Andi jetzt nicht genau neben ihm stand.

L: Ich habe meinen Abend in der Tat sehr genossen – so ganz ohne Männer!

Sie beschloss, noch ein Kapitel zu lesen und sich dann eine zweite, wenn nicht sogar dritte Runde mit sich und ihrer Lust zu gönnen. Ihr Hunger nach lustvollen Höhepunkten war für heute noch nicht gestillt.

Kapitel 5

Es war Mittwochmorgen und Lorena stand im Bad, um sich für die Arbeit herzurichten. Sie war spät dran. Amelie hatte beim Fertigmachen für den Kindergarten Terror geschoben, weil sie nicht mit dem Pulli einverstanden war, den Lorena ihr ausgesucht hatte. Eine klassische Trotzphase, in der Lorena ihre Autorität jeden Tag aufs Neue unter Beweis stellen musste, um sich gegen Amelies Autonomieverhalten durchzusetzen. Oft war Lorena schon fix und fertig, bevor ihr Arbeitstag überhaupt begonnen hatte. Amelies starker Wille war gleichzeitig ein Fluch und ein Segen und heute mehr Fluch als Segen. Nachdem Amelie sich nach dem fünften Pullivorschlag endlich entschlossen hatte, diesen anzuziehen, lief Lorena immer noch in Schlaf-Panty und -Shirt durchs Haus. Zum Glück hatte Andi sich heute bereit erklärt, die Kinder in die KITA zu bringen, damit sie sich in Ruhe fertig machen konnte. Eine halbe Stunde hatte sie noch, dann musste sie selber los. Sie zog ihr Schlaf-T-Shirt über den Kopf, als ihr Handy vibrierte.

Darauf eingestellt, dass ihre Kollegin ihr noch etwas wegen der Urlaubsübergabe mitteilen wollte, öffnete sie automatisch die Nachricht, obwohl sie im Stress war. Sofort reagierte ihr Körper. Es zog augenblicklich in ihrem Schritt. Simon!

S: Hey Lorena! Nettes Bild am Samstag, da geht aber noch mehr, oder meine Liebe?! Ich überlege ernsthaft, dein kleines Geheimnis zu enthüllen, es sei denn, du enthüllst heute etwas mehr von dir … Überleg dir was.

Lorena atmete tief durch. Round restart – das Spiel ging in die nächste Runde. Simon wurde wirklich immer dreister. Was dachte er sich eigentlich, sie gleich in der Früh schon mit so einer Nachricht zu überfallen? Was fiel ihm ein, ihre Libido so zu necken? Und was erwartete er? Dass sie sich ihm nackt präsentierte? Das würde sie garantiert nicht tun – dafür hatte sie zu viel Stil! Noch nie in ihrem Leben hatte sie niveaulose Nacktfotos von sich verschickt. An niemanden. Lorena war aufgewühlt. Er trieb das Spiel langsam zu weit, es wurde Zeit, ihm seine Grenzen aufzuzeigen. Es triggerte ihr Ego, dass er ständig Forderungen an sie stellte und sich nach der Erfüllung mit keinem Kommentar mehr dazu äußerte. Auch am Samstag hatte er ihr Masturbationsbeweisfoto mit keinem Wort kommentiert und sie stattdessen wieder in eine ruhelose Warteposition versetzt. Das war nicht die Art, wie eine Königin behandelt werden wollte. Sie wollte gesehen und nicht von oben herab angesprochen werden. Ihre Libido tanzte einen Samba der Vorfreude, aber heute war es keine Option, darauf einzugehen und eine weitere Grenze zu überschreiten. Das war sein Spiel, nicht ihres. Ein Spiel, das sie ab sofort nicht mehr weiterspielen würde. Sie war eine verheiratete Frau. Noch dazu eine, die sich beeilen musste, um es überhaupt noch rechtzeitig in die Arbeit zu schaffen. Sie hatte keine Zeit zu spielen. Sie schaute sich im Spiegel an und musste feststellen, dass ihr Spiegelbild anderer Meinung war. Ihre Augen funkelten spitzbübisch, ihre Wangen waren leicht gerötet und ihre Brustknospen hart. Auch wenn ihr Verstand protestierte, schien ihre Libido einen anderen Standpunkt zu vertreten. Lorena steckte die Haare nach oben, stieg in die Dusche und ließ das heiße Wasser über ihren Körper laufen. Wie immer entspannte sie der warme Schauer sofort und gab ihr ein Gefühl von Freiheit. Sie schloss die Augen und ließ ihre Hände mit Seife in kreisenden Bewegungen über ihre Rundungen gleiten. Sie streichelte über ihre Brüste, über ihren Bauchnabel, fuhr sich zärtlich über ihre Kaiserschnittnarbe und berührte sanft mit den Fingerkuppen ihre

Oberschenkel. Der Gedanke an Simon erregte sie wieder einmal. Wenn er jetzt mit ihr duschen würde … Sie einseifen würde … Sie in der Dusche packen und festhalten würde … Sein vor Seife glitschiger Körper auf ihrem … Seine Hände überall da, wo jetzt ihre waren … Sie griff nach ihren Brüsten und liebkoste sie. Ihre Nippel waren hart, ihre Brüste fest, so wie immer, wenn sie erregt war. Lorena schloss die Augen, um sich dem Moment voll hinzugeben. Der Druck des Wassers stimulierte jeden Millimeter ihrer Haut und ein angenehmer Schauer der Gänsehaut durchfuhr sie. Sie gab sich ihrer Lust hin und intensivierte ihre Berührungen. Sie spielte mit ihren feuchten, eingeseiften Brüsten, dann wanderten ihre Hände weiter nach unten, über ihre Oberschenkel zu ihrer frisch rasierten intimsten Stelle. Dieser Kerl machte sie fertig. Diese Begierde, die er in ihr weckte, war so unbändig, dass sie sich nur schwer zusammenreißen konnte. Bei Andi brauchte sie immer eine gewisse Konzentration, um zum Orgasmus zu kommen, aber Simon löste in ihr so ein Verlangen aus, dass sie schier elektrisiert war. Sie konnte sich diese Anziehung nicht erklären. So hatte ihr Körper noch auf keinen Mann reagiert. Es war, als steuerte er all ihre sexuellen Triebe mit einer Fernbedienung. Sie stellte ihr rechtes Bein auf dem

Badewannenrand ab, nahm den Duschkopf in die Hand und richtete den prasselnden Strahl der Dusche auf ihre Perle. Ihre Schamlippen öffneten sich bereitwillig und ihre feuchte Muschel empfing ihren Finger sofort, als sie ihn in sich einführte. Wie sie das Gefühl der Erregung liebte. Ihre Finger konnten zwar keinen erregten Schwanz ersetzen, aber die Befriedigung war genauso gut, auch wenn sie sich gerade danach sehnte, durch einen Penis voll ausgefüllt zu sein. Sie hatte Lust darauf, Simons Schwanz auszupacken und ihn zu reiten und gab sich dieser Fantasie ohne Widerstand hin. Es war unglaublich, wie feucht und heiß sich ihre Vulvahöhle anfühlte. Nicht nur feucht, sondern regelrecht nass und das kam nicht vom warmen Wasser. Daran war schon wieder Simon schuld beziehungsweise die Gedanken an ihn. Der Duschstrahl stimulierte ihre Klitoris und Lorena ließ sich noch tiefer in den Moment der Lust fallen. Sie stellte sich im Detail vor, wie Simon sie in der Dusche leckte, kniend von hinten nahm, seinen Schwanz tief in ihre feuchte Vagina einführte und gleichzeitig ihre Brüste festhielt, während sie sich nackt, nass und tropfend über den Badewannenrand lehnte und sich mit den Händen von dort abstieß, um ihm Gegendruck zu geben, damit sie seine Stöße noch tiefer in ihrem Becken spüren konnte. Die Bilder in ihrem Kopf und die Stimulation des Wasserstrahls in Kombination mit ihrem Finger in ihrer Yoni reichten aus, dass sich ihre Lust nach nur wenigen Sekunden in einem kurzen, aber intensiven Orgasmus entlud. Sie stöhnte ihr Verlangen frei und laut hinaus. Die Muskeln in ihrer Vagina zuckten, zogen sich unkontrolliert zusammen und ihre Knie wurden so weich, dass sie sich in die Wanne setzen musste, um den Rest der Seife abzuduschen. Spontan entschied sich Lorena, ihre heißen Gedanken durch eine eiskalte Dusche abzukühlen. Das Wasser war so kalt, dass ihr einen Moment der Atem stockte und sie kaum Luft bekam, aber nachdem sie den ersten Schock überwunden hatte, stieg ein Gefühl der Lebendigkeit in ihr auf und sie lachte laut und befreit auf.

Als sie das Handtuch um ihren Körper wickelte, umspielte ein glückseliges Lächeln ihre Lippen. So entspannt war sie schon lange nicht mehr in den Arbeitstag gestartet. Der Orgasmus war so gut gewesen, dass der morgendliche Stress vergessen war. Eigentlich wäre es nur fair, Simon nun auch den Morgen zu versüßen. Sie würde sich ihm zwar nicht nackt präsentieren, aber ein Bild, um seine Fantasie anzuheizen, hatte er sich verdient. Ein kleines Dankeschön dafür, dass er ihre Libido so in Schach hielt. Ihr innerer Moralapostel monierte, doch Lorena ignorierte ihn. Mit dem Video, das sie ihm aus dem Auto geschickt hatte, hatte sie eine größere Grenze überschritten, da machte ein Foto keinen Unterschied mehr. Sie zog ihre erotische rot-schwarze Unterwäsche an, die sie sonst nur zu besonderen Anlässen aus dem Schrank holte, und betrachtete sich im Spiegel. Sie fand sich in ihrer ungeschminkten Weiblichkeit und Lilith-Energie wunderschön. Sie war heiß, aber gleichzeitig fehlte noch etwas. Der Look war noch nicht anrüchig genug, um sich Simon so darzubieten. Kurzerhand schlüpfte sie in ihre schwarzen Overknees, die sie vor ein paar Jahren aus einer Laune gekauft, aber noch nie getragen hatte. Jetzt gefiel sie sich schon besser. Ganz schön verrucht. So erotisch hatte sie sich selber lange nicht mehr gesehen. Der BH setzte ihre Brüste perfekt in Szene, der Slip saß genau auf ihrer Hüfte und betonte ihre schmale Taille und die hohen schwarzen Stiefel waren das anrüchige Detail, das dem Look eine reizvolle Note verlieh. Sie lächelte und machte ein Foto von ihrem Spiegelbild, das sie ohne weiter darüber nachzudenken an Simon schickte.

L: Wenn du mehr sehen willst, dann musst du mir den Rest wohl selber ausziehen …

Sie wusste, so weit würde es nie kommen. Sie hatte nicht vor, tatsächlich mit ihm zu schlafen, das wäre mit ihrem Gewissen und ihrer Moral nicht zu vereinbaren, aber die Antwort hatte sie schon allein des Spiels wegen schreiben müssen. Mit dem Foto wollte sie ihn reizen und provozieren. Es wurde Zeit, ihn aus der Reserve zu locken. Dass ihn das ganze Spiel scheinbar so kaltließ, triggerte die Femme fatale in ihr. Sie präsentierte sich ihm in ihrer puren Weiblichkeit und bekam keine Reaktion von ihm. Das war sie nicht gewohnt und es spornte sie an, noch mehr in die Lilith-Energie zu gehen. Ihr schlechtes Gewissen bäumte sich wieder aus ihrem Innersten auf, allerdings war inzwischen auch ihr Ehrgeiz geweckt, dessen Stimme in diesem Moment lauter war.

Eigentlich hätte sie so ein Bild schon lange einmal an Andi senden sollen, um der Beziehung einen frischen Wind zu verleihen. Eigentlich … da war sie wieder, diese Einschränkung, die alles in Frage stellte. Denn wenn sie ehrlich zu sich war, hatte sie gar keine Lust, ihm solche Bilder zu senden. Für Andi spielte Sex keine allzu große Rolle. Das Thema war ihm noch nie sonderlich wichtig gewesen. Selbst in ihrer Kennenlernzeit, als sie frisch verliebt gewesen waren, waren sie nie leidenschaftlich übereinander hergefallen. Lorena erinnerte sich, wie sie ihn in der Anfangszeit einmal mit Strapsen und heißer Unterwäsche empfangen hatte. Für sie hatten solche Überraschungsaktionen immer zu ihrem Sexleben dazugehört, sie zog sich gerne verführerisch an, nur Andi war damals überfordert mit der Situation gewesen und hatte zu ihr gesagt, ihm würde das nichts geben. Danach hatte sie solche Verführungsversuche eingestellt und sich Andis sexuellen „Vorlieben" immer mehr angepasst. Doch das war nicht sie. Das, was Simon in ihr weckte, entsprach viel mehr der Lorena, die sie in ihrem Innersten immer noch war. Er schaffte es, ihre Leidenschaft und das Feuer in ihr wieder zu entfachen. Das beunruhigte sie und gleichzeitig war es aufregend und neu für sie.

Kapitel 6

Lorena schaute auf die Uhr und merkte, dass sie schon spät dran war. Aber war es wirklich so schlimm, wenn sie sich einmal nicht regelgetreu verhielt? Sie war immer pünktlich, sie hatte es sich verdient, sich heute mal bewusst mehr Zeit für sich zu nehmen. Zehn Minuten, die nur ihr gehörten. Sie ließ die erotische Unterwäsche an, um das

Gefühl der Weiblichkeit nicht gleich wieder zu verlieren, und nahm sich die Zeit, ihren Körper ausgiebig einzucremen. Draußen schien die Sonne. Es würde ein warmer Spätsommertag werden, wahrscheinlich einer der letzten Tage, an denen sie ein Kleid anziehen und auf die Strumpfhose verzichten konnte. Sie entschied sich für ein hellblaues Baumwollkleid mit Dreiviertel-Ärmeln und schminkte sich wie gewohnt dezent für die Arbeit. Die Overknees standen im Flur und einen Moment war Lorena versucht, diese noch mal anzuziehen, bevor sie doch pflichtbewusst nach ihren Business-Pumps griff.

S: Na, geht doch! Aber so kannst du nicht in die Arbeit gehen. Ich finde, du solltest im Büro mal auf deinen Slip verzichten. ZEIG deinen Kollegen doch mal, was in dir steckt …

Lorena starrte ungläubig auf ihr Display. Das war nicht sein Ernst! Da schickte sie ihm so ein Bild und dann kam diese unverschämte Antwort. Keine Reaktion auf ihr Foto und ihre provozierende Nachricht. Kein Kompliment für ihren heißen Körper. Kein Signal, dass ihm gefiel, was sie ihm geschickt hatte. Keine Spur von Anerkennung für ihre Freizügigkeit. Kein Funken Respekt für ihre

Courage. Aber stattdessen wieder eine Forderung, die anmaßender nicht hätte sein können. Dieses Mal schoss er den Vogel endgültig ab. Zu Hause mit sich selber Spaß zu haben und ihm den Beweis dafür zu liefern, war schon heftig. Ihm verruchte Bilder in sexy Unterwäsche zu senden, war eine Grenze, die sie nicht hätte übertreten dürfen. Aber das, was er jetzt von ihr forderte, war maßlos und absolut unangebracht. Sie aufzufordern, ihre Arbeit aufs Spiel zu setzen, das ging um einiges zu weit. Schluss jetzt! Jetzt war definitiv der Zeitpunkt gekommen, aus dem Spiel auszusteigen. Sie war nicht seine Sub. Sie war eine verheiratete Frau und die Mutter von zwei kleinen Kindern und so hatte sie sich auch zu verhalten.

Lorena stieg ins Auto und gab Gas. Empört über seine Dreistigkeit und seine Überheblichkeit fuhr sie zu schnell und nahm fast eine rote Ampel mit. Für wen hielt er sie? Sie war keine von seinen niveaulosen Tinderaufrissen. Sie war eine Frau mit Stolz. Auf gar keinen Fall würde sie untenrum nackt in die Arbeit gehen. Die Gefahr war viel zu groß, entdeckt zu werden. Wenn das jemand mitbekommen würde, hätte sie ihren Ruf weg und das konnte sie sich nicht erlauben. Sie war keine Frau, die ihren Sexappeal nutzte, um in der Arbeit weiterzukommen. Ihre Weiblichkeit hatte sie noch nie eingesetzt, um sich beruflich irgendeinen Vorteil zu verschaffen. Das entsprach nicht ihrem Niveau. Sie hatte sehr gekämpft, um im Job jetzt die Position zu haben, die sie hatte. Senior Partnerin Mergers & Acquisitions im Bereich Strategic Development einer Unternehmensberatung, wo sie unter anderem verantwortlich war für die Umsetzung von internationalen Akquisitions-, Desinvestitions- bzw. Joint Venture-Projekten. Es hatte sie viel Energie, viele Überstunden und noch mehr Ehrgeiz gekostet, um an diese Position zu kommen. Ehrgeiz hatte schon immer zu ihren Stärken gehört und sie konnte Menschen nicht verstehen, die nicht danach strebten, in ihrem Leben noch mehr zu erreichen. Das war einer der Gründe, warum sie oft mit Andi stritt. Er war bequem geworden und hatte null Ambitionen, sich in irgendeiner Art und Weise weiterzuentwickeln. Mit dem Tag, an dem er zum Abteilungsleiter befördert worden war, hatte er aufgehört, sich weitere Ziele zu setzen. Seitdem war Entwicklungs-stillstand bei ihm eingekehrt. Er sagte oft, er hatte alles erreicht, was er sich je gewünscht hatte, er war glücklich mit seinem Leben. Jedes Mal, wenn er das zum Ausdruck brachte, drückte er bei Lorena alle Knöpfe und sie reagierte empört. Sie konnte nicht verstehen, wie jemand mit dem bisher Erreichten so genügsam sein konnte. Ihrer Meinung nach war immer noch mehr möglich, wenn man sich wirklich anstrengte. Sie selbst hatte noch so viele berufliche Ziele, die sie anstrebte und so viele private Pläne für ihr Leben. In ihrem Job war sie nicht erfüllt, sie konnte zwar nicht beschreiben, was ihr fehlte, aber sie strebte nach einer Führungsposition, in der sie autark arbeiten konnte. Privat träumte sie davon, einen Fotografiekurs zu besuchen, Spanisch zu lernen und die ursprünglich mit Andi geplante Südamerikareise stand immer noch ganz oben auf ihrer Bucket List. Irgendwann würde sie mit einem Rucksack bepackt die Natur und die Kultur von Bolivien und Peru erkunden. Das war schon immer ihr Traum gewesen und irgendwann, irgendwann würde sie in einer fünftägigen Wanderung den Inka Trail nach Machu Picchu, dem größten Weltkulturerbe in Südamerika, hinaufsteigen und die beeindruckendsten Ruinen der Welt bestaunen. Auch der Wasserfall Gocta, der längste Wasserfall der Welt im Norden von Peru, stand auf ihrer Reiseroute. Schon so oft hatte sie sich ausgemalt, an dem mystischen Becken dieses gigantischen Wasserfalls zu stehen, umgeben von einer einzigartigen Pflanzenwelt und einzelnen Kolibris, und sich vom Wind und dem Tosen des Wassers berühren zu lassen.

Lorena war auf dem Parkplatz vor der Firma angekommen. Die Gedanken an ihre Träume hatten sie innerlich beflügelt. Schon lange hatte der Putucusi-Berg der Inkakultur nicht mehr nach ihr gerufen, aber in diesem Moment war die leise Stimme wieder deutlich zu hören. Mit einem Lächeln auf dem Gesicht stieg sie aus dem Auto. Als sie die Tür des Bürogebäudes öffnete, kam ihr Simons Nachricht in den Sinn und sie musste darüber schmunzeln. Mittlerweile war sie schon nicht mehr so erzürnt über seine Challenge. Ihre anfängliche Empörung wich langsam sogar dem Reiz. Klar, seine Aufgabe war heikel, aber letztlich lag es ja an ihr, wie tief sie tatsächlich blicken ließ. Sie betrat das Büro, ging jedoch nach dem Einstempeln nicht wie gewohnt zu ihrem Schreibtisch, sondern zuerst zum Oval Office, betrachtete sich im Spiegel und atmete tief durch. Aus ihren Augen blickte ihr ein kindliches Funkeln entgegen. Ihr hellblaues Strickkleid war nicht zu kurz und fiel nach unten in Höhe des Knies in eine weite A-Linie. Ihr Slip zeichnete sich nicht ab, es würde also nicht auffallen, wenn sie keinen trug. Oder doch? Sollte sie sich das wirklich trauen? Es stand verdammt viel für sie auf dem Spiel. Sie drehte sich vor dem Spiegel so, dass sie sich selber von hinten sehen konnte. Auch da sah man nicht, dass sie überhaupt einen Slip trug. Lorena überlegte, in welchem Zyklusstadium sie sich befand. Bis zu ihrem Eisprung hatte sie noch eine Woche und das hieß, dass sie zumindest aus physiologischer Sicht nicht automatisch dauerfeucht war, sofern sie ihre Gedanken im Zaum halten konnte. Das war wohl die größte Herausforderung. Sie zögerte, holte tief Luft und dann gab sie dem Reiz des Verbotenen nach, zog ihren Slip aus und steckte ihn in ihre Handtasche. Ein kleiner Kick im sonst so tristen Büroalltag konnte nicht schaden. Es wurde Zeit, ihre tiefeingesessene Komfortzone endlich mal wieder zu verlassen und ihre täglichen Routinen zu durchbrechen. Als Lorena das Großraumbüro betrat, klopfte ihr Herz wie wild. Sie fühlte sich so aufgeregt wie eine Teenagerin vor ihrem ersten Date. Machte sie das gerade wirklich? Lief sie tatsächlich ohne Slip durch den Bürogang? „Guten Morgen", rief sie wie jeden Tag in die Kollegenrunde und hatte das Gefühl, das gesamte Team konnte durch ihr Kleid auf ihre nackte Vagina schauen. Sie holte tief Luft, um sich daran zu erinnern, dass das alles nur in ihrem Kopf passierte. Mit einem spitzbübischen Grinsen setzte sie sich achtsamer als gewöhnlich an ihren Schreibtisch und überschlug sofort die Beine. Das Adrenalin in ihrem Blut pochte und ihre Hände zitterten. Sie musste wahnsinnig sein, dass sie sich darauf eingelassen hatte. Sie atmete ein paar Mal tief ein und aus, dann fuhr sie ihren Rechner hoch und überflog die über Nacht eingegangenen E-Mails von dem Partnerunternehmen, für das sie zurzeit eine Fusionierungsstrategie ausarbeitete. Nach ein paar Minuten beruhigte sich ihr Puls wieder. Wenn sie den ganzen Tag hier sitzen blieb, würde keiner was merken. Als sie nach einer Weile mehr oder weniger konzentriert E-Mails beantwortet und sich Excelauswertungen angeschaut hatte, bemerkte sie etwas zeitverzögert, dass der Büro-Hund Benzo an ihrer Handtasche schnüffelte und die Schnauze im Inneren ihrer Tasche vergrub. Erschrocken scheuchte sie ihn weg und machte den Reißverschluss ihrer Handtasche sicher zu. Da hatte sie gerade noch einmal Glück gehabt. Sie wollte sich nicht ausmalen, was passiert wäre, wenn er sich ihren Slip stibitzt und damit durchs Büro gerannt und sie ihm ohne Höschen nachgelaufen wäre. Lorena musste bei der Vorstellung daran nervös kichern und ihr Kollege, der ihr direkt gegenübersaß, schaute sie fragend an.

Jetzt war es mit ihrer Konzentration vorbei. Sie konnte nicht anders, als vor sich hin zu grinsen und ihre Gedanken schweiften immer wieder ab. Statt mit Finanzanalysen und Unternehmensbewertungen beschäftigte sich ihr Verstand zunehmend wieder mit Simon und unanständigen Bildern von ihm und ihr. Es war unfassbar, was er mit ihr anstellte. Zu was sie sich von ihm verleiten ließ. Sie machte Sachen, für die sie sich verfluchte und gleichzeitig feierte. Jetzt saß sie tatsächlich mit nackter Vulva auf dem Bürostuhl aus Stoff. Lorena rückte ein Stück auf ihrem Stuhl nach vorne und sofort durchzog sie ein angenehmes Ziehen zwischen den Schenkeln. Die leichte Reibung des rauen Stoffs an ihren nackten Schamlippen hatte sie erregt und sie genoss das Gefühl. Sie durfte jetzt nur nicht zu viel an Simon denken, dann würde es heute nichts mehr mit einem effektiven Arbeitstag werden. Sie versuchte, sich auf ihre Analysen zu konzentrieren, aber es gelang ihr nicht. Stattdessen stellte sie sich vor, wie es wäre, heimlich Sex mit Simon in der Firmengarage zu haben. Lorena sah es in ihrer Fantasie bildlich vor sich, wie er ihren Rock hochschob, seine Jeans öffnete, mit seinem Schwanz ihre Schamlippen auseinanderschob und in sie eindrang, während er ihr den Mund zuhielt, damit sie ihre Leidenschaft nicht zu laut herausstöhnte.

Stopp mit dem Porno. Mit diesen Bildern im Kopf konnte sie kein Fusionspapier erstellen. Lorena brauchte dringend einen Kaffee, um ihren Puls wieder auf ein normales Niveau zu regulieren, doch dafür musste sie aufstehen und sich mit ihrer nackten Vagina unter ihrem Kleid frei im Großraumbüro bewegen. Eine Handlung, die sie dazu veranlasste, die Komfortzone innerhalb von wenigen Minuten ein weiteres Mal zu verlassen. Vorsichtig stellte sie beide Beine wieder gerade hin und zog, während sie aufstand, sofort ihren Rock nach unten. Heimlich warf sie einen Blick auf ihren Schreibtischstuhl, um zu checken, ob sie nicht doch einen feuchten Abdruck ihrer Lust hinterlassen hatte. Dem Stuhl merkte man nichts an, aber sie selber verhielt sich nicht so entspannt wie sonst. Ihr Herz raste und in ihrem Kopf redeten tausend Stimmen durcheinander, die ihr einreden wollten, dass jeder ihren fehlenden Slip sehen konnte. Der Küchenblock befand sich in der Mitte des Großraumbüros. Lorena fühlte sich verrucht und unglaublich weiblich, als sie zur Kaffeemaschine ging. Ihr Gang war automatisch aufrechter und selbstbewusster. Gleichzeitig raste das Adrenalin durch ihre Blutbahnen. Jeder musste ihr doch ansehen, dass etwas nicht in Ordnung war. Dass sie unter ihrem Kleid nackt war. Sie spürte regelrecht, wie ihr die Röte ins Gesicht schoss.„Du strahlst heute so. Ist etwas passiert?", fragte Melanie, ihre Kollegin, die sich gerade einen Tee machte. Man sah es ihr also doch an, sie war wirklich eine verdammt schlechte Schauspielerin. Lorena lächelte. „Na klar, hab nur an meine Kids gedacht. Luis war heute Morgen so zauberhaft." Eine kleine Notlüge war hier völlig angebracht und besser als: „Na ja, ich trag heute keinen Slip, weil ich die Sub von so einem heißen Typen bin, der mich völlig wahnsinnig macht. Und weißt du was, ich finde es absolut erregend." Wieder musste sich Lorena beherrschen, nicht laut loszulachen. Die ganze Sache war zu absurd. „Ja, wenn die Kids wollen, können sie auch mal lieb sein. Machst du dann bitte die Spülmaschine an, wenn du hier fertig bist?" Melanie wandte sich zum Gehen und in Lorena stieg Panik hoch. Die Spülmaschinentabs waren im Schrank unter der Spüle ganz hinten, das hieß, sie kam nicht darum herum, sich bücken zu müssen. Sie biss sich nervös auf die Lippe und schaute über ihre Schulter. Ein etwas älterer Kollege, der aufgrund seiner den Frauen gegenüber stets sehr charmanten Art heimlich „Stutenstreichler" genannt wurde, und eine Kollegin, die Lorena auf dem Kicker hatte, weil sie ihr den Erfolg nicht gönnte, hatten freien Blick zu ihr. Nicht gerade das ideale Publikum für einen Büro-Striptease. Lorena versuchte, unbemerkt ihr Kleid festzuhalten, ging mit geschlossenen Beinen in die Knie und kniff selbige zusammen. Sie spürte ihr Herz klopfen und das Adrenalin durch ihren Körper schießen und musste sich eingestehen, dass sie diesen Kick als erregend empfand. Sogar der Gedanke daran, entdeckt zu werden, hatte etwas unbeschreiblich Aufregendes. Als sie zurück zu ihrem Platz ging, fühlte sie sich so weiblich und selbstbewusst wie selten und das schien sie auch auszustrahlen, denn der Kollege, der ihr direkt gegenübersaß, hob den Kopf und lächelte sie an. Lorena lächelte zurück und dankte Simon im Stillen für dieses neue Selbstbewusstsein. Vielleicht sollte sie öfter ohne Slip ins Büro gehen, diese Dauererregung gab dem sonst so eintönigen Arbeitsalltag in der Unternehmensberatung eine unglaubliche Leichtigkeit. Sie hatte sich noch nie während der Arbeit so lebendig gefühlt.

Eine halbe Stunde später stand Thomas, ihr Controlling-Kollege und gleichzeitig die rechte Hand der Geschäftsführung, mit ernstem Gesicht neben ihrem Schreibtisch. „Hast du fünf Minuten für mich? Ich muss mit dir reden. Allein." Lorena, die sich gerade wieder in ihre Analysen eingearbeitet hatte, zuckte zusammen. Den Tonfall kannte sie von ihm nicht. Hatte er ihr kleines Geheimnis etwa bemerkt? Wollte er ihr jetzt die Leviten lesen? Nervös und mit Bedacht auf ihre Situation stand sie auf. „Lass uns in den kleinen Konfi ganz hinten gehen. Nach dir!" Thomas ließ ihr den Vortritt und sie fühlte sich extrem beobachtet, als sie vor ihm in den Konferenzraum auf der anderen Seite des Großraumbüros ging. Sie spürte regelrecht seine Blicke auf ihrem unbedeckten Hintern und auch die anderen Kollegen schienen sich alle nach ihr umzudrehen. Lorena setzte sich an den Tisch und schlug sofort ihr rechtes Bein eng über das linke. Hoffentlich hatte er in diesem Moment nicht ihre Yoni durchblitzen sehen! Thomas nahm ihr gegenüber an dem runden Couchtisch Platz und schaute ihr in die Augen. Obwohl Lorena sonst in der Kommunikation immer Blickkontakt hielt, konnte sie seinem Blick diesmal nicht standhalten. Sie war zu angespannt. Thomas ließ sich mit seinem Anliegen Zeit, als würde er nach den richtigen Worten suchen. Entgegen seinem gewohnten Verhalten war er auffallend ernst. In letzter Zeit hatte Lorena zwar teilweise das Gefühl gehabt, er würde mit ihr flirten, weil er ihr gelegentlich eine Sekunde zu lange in die Augen geschaut oder beim Kaffeeholen zu ihr rüber gelächelt hatte, aber heute lächelte er nicht. Lorena rückte ungeduldig auf ihrem Stuhl hin und her. Die ganze Situation gefiel ihr nicht, irgendwas war hier im Busch. „Ich mag dich. Und wir haben immer als Team gut zusammengearbeitet …" Thomas machte eine Pause.

„Aber dass du ohne Höschen in die Arbeit kommst, ist ein Grund für eine Abmahnung …", vervollständigte Lorena in Gedanken seinen Satz. Doch Thomas schwieg weiter und schien zu überlegen, was er sagen wollte. „Okay, ich mach es kurz. Ich habe gekündigt und bin jetzt nur noch sechs Wochen im Unternehmen. Ich habe ein Top-Angebot bekommen, das ich einfach nicht ausschlagen konnte." Vor Erleichterung, dass es nicht um ihren nicht vorhandenen Slip ging, hätte Lorena fast laut gelacht, doch dann realisierte sie die Bedeutung seiner Aussage. Thomas hatte vor, die Firma zu verlassen und vermutlich würde sie zumindest übergangsweise seine Aufgaben mit übernehmen müssen. „Das ist schade, ehrlich! Was soll ich denn ohne dich machen?" Die Antwort war so gemeint und kam von Herzen. Thomas machte seinen Job großartig und war nur schwer zu ersetzen. Außerdem war er ein toller Kollege, der sie oft in ihrem Bereich unterstützt und sogar vor ihrem letzten Gehaltsgespräch ein gutes Wort bei

der Geschäftsführung für sie eingelegt hatte. Erleichtert über ihre Reaktion lächelte Thomas sie an und wieder hatte Lorena das Gefühl, dass er ihr zu intensiv und zu lange in die Augen schaute. „Ich wollte, dass du es vor allen anderen erfährst. Zum einen betrifft es dich wahrscheinlich am meisten, zum anderen bist du einfach meine Lieblingskollegin." Er flirtete ganz offensichtlich mit ihr. Der Augenblick war nicht der geeignetste und trotzdem musste Lorena genau in diesem Moment an Simons Nachricht denken. „ZEIG deinen Kollegen doch mal, was in dir steckt." Noch war sie nicht auf seine Forderung eingegangen und eigentlich hatte sie nicht vorgehabt, diese überhaupt zu erfüllen. Eigentlich … diese Relativierung begegnete ihr in letzter Zeit ziemlich oft. Lorena lächelte zurück und spürte, wie ihr Puls sich bei den Gedanken an Simons Anweisung beschleunigte. Ihr Unterbewusstsein versuchte schon wieder, das Kommando zu übernehmen und sie zu einer weiteren unüberlegten Handlung zu verleiten. Das konnte sie nicht bringen! Oder doch? Falls ja, dann wäre das wohl jetzt die beste Gelegenheit dazu. Sie saß in ausreichend Abstand zu Thomas, wenn sie sich entschied, sich ihm unten ohne zu präsentieren, hätte er auf jeden Fall genug Einblick unter ihren Rock. Nur sollte sie ihm einen Blick auf ihre nackte Yoni allen Ernstes gewähren? Hatte sie die Courage, sich dieser Mutprobe zu stellen? War das nicht eine Nummer zu groß für sie? „Persönlich finde ich das superschade, wir waren ein tolles Team. Aber ich verstehe dich und freue mich, dass du dich weiterentwickeln kannst." Ihr Verstand redete, um sie von dieser absolut waghalsigen Aktion abzuhalten. Lorena spürte den Widerstand in sich, ihr innerer Moralapostel schrie ganz klar „Nein" in Bezug auf diese Challenge. Aber gleichzeitig war da eine andere Stimme, die mitten aus der in ihr lodernden Glut zu kommen schien. Eine Stimme, die in dem Moment lauter war als ihr Verstand. Lorena holte tief Luft und schaute Thomas ebenso intensiv in die Augen wie er ihr. Sie hörte ihr Adrenalin in ihren Adern rauschen, als käme es direkt von dem Gocta-Wasserfall. Ihre Vagina zog angenehm. Langsam hob sie ihr rechtes Bein und legte ihren rechten Fuß auf ihrer linken Kniescheibe ab. Sie saß jetzt so breitbeinig, dass Thomas bei einem genauen Blick auf jeden Fall ihre frisch rasierte, leicht feucht glänzende, erregte Yoni sehen konnte. Mit Sicherheit konnte er ihr Herz klopfen sehen, so wie es gerade raste. Doch er schaute ausnahmsweise nicht auf ihre Brust. Sie realisierte, wie sein Blick unbewusst dahin huschte, wo sie ihn haben wollte. Sie behielt ihre Haltung einen kurzen Moment lang bei, dann stand sie auf und ging mit einem breiten Grinsen zur Tür. Selten hatte sie so ein Gefühl der Macht und so eine Lebendigkeit verspürt wie in diesem Moment. Ihr Herz schlug Purzelbäume vor lauter Adrenalin und Aufregung. Diesmal war es keine unüberlegte Kurzschlusshandlung gewesen. Diesmal hatte sie sich bewusst für den Kick entschieden. „Lorena … Wenn wir keine Kollegen mehr sind, gehen wir dann mal ganz offiziell einen Kaffee trinken?" Seine Stimme klang rauer als sonst. Lorena drehte sich um und lächelte. Männer waren wirklich einfach gestrickt. „Du hast meine Nummer ja noch von dem letzten Geschäftstermin in Österreich …" dann verließ sie den Konfi und versprach sich selber, sich bei Simon für ihr neues Selbstbewusstsein erkenntlich zu zeigen.

Kapitel 7

Es war Sonntagvormittag und der alljährliche Oktoberfestbesuch mit der Clique stand nach zwei Jahren endlich mal wieder an. „Mama, du siehst wunderschön aus. Wenn ich groß bin, möchte ich genauso schön sein wie du." Amelie saß im Schlafzimmer auf dem Bett und beobachtete Lorena fasziniert, die ihr Wiesn-Outfit in den Endzügen perfektionierte. Luis spielte auf dem Boden mit seinen Dinos. Das Schlafzimmer sah aus wie ein Schlachtfeld, obwohl Lorena den ganzen Samstag damit verbracht hatte, das Haus aufzuräumen. Lorena lächelte ihrer Großen zu und freute sich über Amelies kindliche Ehrlichkeit. „Danke schön, meine Zaubermaus. Nächste Woche darfst du auch dein Dirndl anziehen und Luis seine Lederhose und dann gehen wir mit dem Papa zusammen aufs Oktoberfest." Amelie sprang auf und umarmte Lorena überschwänglich. „Du bist die beste Mama der Welt."Lorena schmunzelte über ihren kleinen Wildfang und freute sich an ihrer echten Begeisterung. „Jetzt geht aber mal zur Oma rüber, sonst kommen Papa und ich zu spät." Sie gab beiden einen zärtlichen Kuss auf die Stirn, dann schob sie die Kids aus dem Schlafzimmer raus, um sich in Ruhe fertig zu machen. Aus dem Augenwinkel sah sie, dass Andi schon im Flur saß und auf sie wartete. Er hatte das gleiche Trachten-hemd an wie in den letzten zwölf Jahren und spielte auf seinem Smartphone.Lorena betrachtete sich im Spiegel und war zufrieden mit ihrem Aussehen. Sie liebte es, Dirndl zu tragen und fühlte sich darin immer besonders weiblich. Das neue knielange dunkelblaue Dirndl mit der roten Schürze und Stehkragen setzte ihre Kurven gekonnt in Szene. Die Bluse mit Dreiviertelarm aus Spitze wirkte edel und die silberne Schnalle an ihrer Schürze war ein weiteres liebevolles Detail, das den Look abrundete. Ihre roten Locken hatte sie an der Seite zu einem Zopf geflochten und sich passend geschminkt. Sie justierte die Schnürung um ihren Brustbereich nach und stellte wieder einmal fest, dass die bayrische Schönheit durchaus ihren Preis hatte. Sobald das Dirndl zu war, war nur noch eine flache Atmung möglich und sie fühlte sich eingeengt. Lorena hatte zwar auch ohne Tracht ein vorzeigbares Dekolleté und eine weibliche Figur, jedoch rückte ein Dirndl ihre Rundungen noch mehr in die richtige Position. Noch ein paar Spritzer ihres Boss „Alive" Parfums, dann war sie fertig. Der für sie erste Wiesn-Tag nach zwei Jahren konnte beginnen. Schon lange hatte sie sich auf diesen Tag und das Wiedersehen mit den Freunden gefreut, das Sozialleben außerhalb der Familie hatte in letzter Zeit etwas gelitten. Der Alltag hatte sie zu sehr eingenommen, so dass es in den vergangenen Wochen kaum schöne Momente gegeben hatte. Aus dem Spiegel schaute ihr eine wunderschöne Frau entgegen und doch vermisste Lorena etwas. Sie hatte das Gefühl, ihr inneres Strahlen hatte in letzter Zeit etwas an Leuchtkraft verloren.

Die U-Bahn war wie immer zu dieser Jahreszeit schon gut gefüllt mit gut gelaunten Menschen in Tracht. Es wirkte so, als hätte es Corona die Jahre davor nicht gegeben. Andi und sie hatten die letzten zwei Sitzplätze ergattert. Kaum saßen sie, griffen beide automatisch zu ihren Handys. Lorena nahm resigniert wahr, dass das Smartphone sowohl bei ihr als auch bei Andi eine zu große Bedeutung hatte. Ihr beider Leben fand viel zu digital statt. Sie hatten sich nichts mehr zu sagen. Während Andi die Fußballergebnisse und Spieltabellen des Tages durchsah, checkte sie ihren Messenger und packte das Handy wieder weg. Sie waren mit ein paar Freunden der Clique zu einem entspannten Wiesn-Nachmittag verabredet und es war noch nicht klar, wer alles dabei sein würde. Bei dem Gedanken daran, eventuell Simon zu begegnen, bekam sie ein flaues Gefühl im Magen. Sie war sie nicht sicher, ob sie ihn sehen wollte. Er hatte sich im Cliquenchat nicht geäußert, was typisch für ihn war. Er sagte nie im Vorfeld zu, sondern tauchte einfach irgendwann auf, wenn ihm danach war. Simon hielt sich immer alle Optionen offen. Er lebte zu sehr im Moment, um irgendwas zu planen. Lorena hatte ihn seit Michaels Geburtstag nicht mehr gesehen und seit diesem Tag war viel passiert. Vieles wofür sie sich schämte und vieles, was sie innerlich beflügelt hatte. Nach dem Schriftverkehr, den sie in den letzten Wochen mit ihm gehabt hatte, nach dem Kurzschluss-Video und dem erotischen Foto, war sie sich nicht mehr sicher, ob sie ihm mittlerweile noch völlig unbeschwert gegenübertreten konnte. Virtuell zu flirten war das eine, aber ihm live gegenüberzustehen und seinem Sexappeal hilflos ausgeliefert zu sein, war eine ganz andere Herausforderung, der sie sich momentan nicht gewachsen fühlte. Simon machte sie nervös und brachte eine Seite in ihr zum Vorschein, die sie lange unterdrückt hatte, die aber klar zu ihr gehörte. Zu allem Überfluss würde heute auch noch Alkohol im Spiel sein, was bedeutete, dass sie sich extrem kontrollieren musste. Unter Alkoholeinfluss warf sie schnell mal ihre Hemmungen über Bord und sie hatte Angst davor, dass ihre Libido sich wieder gegen ihren Verstand durchsetzen würde, sobald Simon in der Nähe war. Sie war auf der Party schon offensiv gewesen und zu dem Zeitpunkt hatte der Flirt erst angefangen. An diesem Abend war rückblickend betrachtet alles noch harmlos gewesen. Aber jetzt, nach all den erotischen Fantasien, die er ständig in ihr auslöste, nach ihren unüberlegten und überlegten Reaktionen auf seine Nachrichten, und nach den pikanten Aufgaben, mit denen er sie herausforderte, war das Risiko, dass ihre erotischen Instinkte die Oberhand gewinnen würden, zu groß. Lorena gestand sich ein, dass es schön war, ihre Leidenschaft mal wieder so deutlich zu spüren. Sie genoss das Spiel mit Simon, weil es sie mit ihrem eigenen Feuer verband. Fakt war dennoch, ohne Simon würde der Wiesn-Tag für sie definitiv entspannter werden. Sie vertraute sich selber nicht mehr in Bezug auf ihn und hatte schon zu viele Grenzen überschritten. Gleichzeitig war sie sich nicht sicher, inwieweit sie ihm vertrauen konnte. Er besaß mittlerweile ausreichend Material, um ihren Ruf innerhalb von wenigen Minuten vernichten zu können, wenn er es drauf anlegte. Sie traute ihm zwar nicht zu, dass er sie bloßstellen würde, aber trotzdem hatte er die Macht, das Material jederzeit gegen sie einzusetzen. Lorena war sich sicher, dass er diese Trümpfe auf die eine oder andere Art und Weise ausspielen würde, falls er heute käme. Simon war ein Spieler, dem es um das Spiel ging. Sicherlich würde er alle Karten ziehen, um sie wieder herauszufordern. Außerdem hatte sie ihm zu seiner letzten Forderung keinen Beweis geliefert. Simon hatte keine Ahnung davon, dass Lorena ihrem Kollegen im Büro wirklich ihre unbedeckte

Vagina präsentiert hatte. Im Nachhinein konnte sie es selber nicht fassen, dass sie das gemacht hatte.

Als sie die Theresienwiese betraten, stieg Vorfreude in ihr hoch. Es roch von allen Seiten nach Zuckerwatte und gebrannten Mandeln. Aus jedem Fahrgeschäft drang eine andere Musik, Schausteller luden auf Bayrisch zu der nächsten Runde ein und die Leute in den Karussells schrien vor Freude oder vor Angst. Es war weniger los als vor der Corona-Zeit, aber die Stimmung schien freudvoller und friedlicher zu sein. Ihr fielen weniger Touristen in gruseligen Trachtenverkleidungen auf und weniger sichtbar betrunkene Menschen torkelten ihr entgegen. Die Münchner hingegen genossen es spürbar, sich nach zwei Jahren mal wieder in den schönsten und edelsten Trachten zu präsentieren, und sorgten für dieses besondere bayrische Flair, das man nur während dieser zwei Herbstwochen in München fand.

Am Treffpunkt warteten die Freunde bereits. Sandra und Tom, Anna und David, Sabine und Roland, Torben, Matthias und Lena. Simon war nicht zu sehen. Auf der einen Seite war Lorena erleichtert, auf der anderen Seite etwas enttäuscht. Seine Anwesenheit hätte den Tag auf jeden Fall aufregender gemacht. Zumindest konnte sie den

Wiesn-Besuch nun entspannt genießen, ohne sich Sorgen um ihre Libido machen zu müssen. Sie hatten in einem kleinen Gastro-Bierzelt über einen Freund, der in der Küche arbeitete, noch einen Tisch reservieren können, an dem aber nicht alle Platz fanden. Lorena ließ den anderen den Vortritt und stellte sich in den Gang an das Kopfende des Tisches. Zum Bierbestellen reichte es. Mit ihrem Radler in der Hand beobachtete sie das Treiben im Zelt. Die Menschen verhielten sich viel gesitteter, als sie es von den großen Zelten kannte. Der übliche Wiesn-Wahn, bei dem es um das Massensaufen und das Showlaufen ging, war hier nicht gegeben. Hier gab es keine Touris mit tanzenden Hähnchen-Hüten auf dem Kopf und keine sechzehnjährigen Teenies, die sich in ihren Maßkrug übergaben. Trotzdem war die Stimmung nicht weniger ausgelassen. Die Menschen feierten und freuten sich des Lebens und obwohl es erst Mittag war, tanzten viele schon stehend auf den Bänken. Lorena fragte sich, wie viel Freude in diesem Zelt wirklich echt war und von innen heraus kam und wie viel der Freude genau genommen mit Ablenkung gleichzusetzen war. Ablenkung von einem Leben, das die Menschen eigentlich nicht führen wollten, weil es nicht ihres war. Nachdenklich nahm Lorena einen großen

Schluck von ihrer Radler-Maß und sinnierte darüber, wann sie das letzte Mal aus sich heraus tiefe Freude empfunden hatte, als sie auf einmal unerwartet eine Hand auf ihrer Hüfte spürte. Ein leichter Druck, der sie wissen ließ, dass es sich dabei um keine zufällige Begegnung handelte. Sie musste sich nicht umdrehen, um zu wissen, wer sich gerade zu ihnen gesellt hatte. Das war keine unbeabsichtigte Berührung, sondern eine gezielt eingesetzte. Ihr Körper sendete ihr augenblicklich entsprechende Signale. Ihr wurde schlagartig warm und ihre gesamte Haut fühlte sich an wie elektrisiert. Ihre Pulsfrequenz beschleunigte sich und sie wurde noch kurzatmiger, als sie es im Dirndl eh schon war. Simon schob sie zur Seite, ohne sie zu beachten, und begrüßte stattdessen allgemein die ganze Gruppe. Lorena rutschte wortwörtlich das Herz in die Hose. Sie wagte es nicht, ihn anzuschauen. Die Scham über ihr Verhalten der letzten Wochen kroch in ihr hoch und löste einen akuten Fluchtgedanken in ihr aus. Sie musste hier weg! Wie sollte sie sich jetzt normal verhalten? Sie vermied es, in Simons Richtung zu schauen und nahm noch einen Schluck ihrer Radler-Maß, um sich Mut anzutrinken. Ihr Selbstbewusstsein und ihre Souveränität waren schlagartig verschwunden. Dafür übernahm ein anderes Gefühl wieder die Oberhand, ein Gefühl, das in den letzten Jahren zu lange unterdrückt worden war. Begehren. Ihr ganzer Körper war unter Anspannung und sie empfing Frequenzen, die eine tiefe Sehnsucht in ihr weckten. Nicht schon wieder! Was zur Hölle machte dieser Kerl mit ihr? Wie sollte sie jetzt unbeschwert und vor allem zurückhaltend bleiben? Ihr Mann war dabei, der ganze Freundeskreis war da. Sie konnte es sich absolut nicht erlauben, hier mit Simon zu flirten. Und überhaupt sollte sie gar nicht mehr mit ihm flirten und ihr Bier gegen eine Spezi-Maß eintauschen, denn betrunken die Kontrolle über ihre Lust zu behalten, war kaum möglich. Sie nutzte die Chance, als ein weiterer Platz auf der Bank frei wurde, und setzte sich neben Sandra. „Erzähl, Süße, hat sich bei dir in der Abteilung nun endlich mal was geändert oder bist du immer noch so Land unter?" Sie brauchte jetzt dringend eines dieser stupiden Jobgespräche, um sich von ihren heißen Gedanken und ihrer inneren Panik abzulenken. Aber ihr Puls wurde dadurch nicht ruhiger und wirklich dem Gespräch folgen konnte sie auch nicht. Während Sandra erzählte, schaute Lorena immer wieder zu Simon und hoffte, seine Aufmerksamkeit zu erlangen. Sie wollte die Stimmung zwischen ihnen einschätzen. Sie wünschte sich einen Blick der Anerkennung. Ein kurzes Zeichen, dass das Spiel noch am Laufen war. Doch Simon ignorierte sie, was Lorena total fuchsig machte. Es kratzte an ihrem Ego, dass sie nicht die Reaktion in ihm auslöste wie er in ihr. Ihre ganze Courage schien ihn nicht zu beeindrucken. Sie schien ihn kaltzulassen. Er hatte noch nicht einmal einen Blick in ihr Dekolleté gewagt, was völlig untypisch für ihn war, er war sonst bekennend verrückt nach Brüsten. Anstatt sie auch nur eines Blickes zu würdigen, unterhielt sich Simon mit Torben, Matthias und ausgerechnet mit Andi. Was sollte das? War das Teil des Spiels? Lorena versuchte, trotz des Lärmpegels, mit einem Ohr bei dem Gespräch der Männer zuzuhören. Für solche Situationen waren Frauen schließlich mit dem Multitasking-Gen ausgestattet worden. Soweit sie es mitbekommen konnte, ging es um eine neue Frauenbekanntschaft von Torben, die sich wohl seiner Aussage nach ambivalent und nicht authentisch verhielt. Zumindest war das kein Thema, über das sie sich Gedanken machen musste. Warum also war sie so aufgewühlt? Sandra erzählte von ihrer neuen Assistentin, doch Lorena konnte ihr nur halbherzig zuhören, sie war zu abgelenkt von der Gesamtsituation. Die Männer rutschten durch die Bank auf und ausgerechnet

Simon saß ihr nun genau gegenüber. Es war so klar gewesen, dass sie ihm nicht entkommen konnte. Schlagartig konnte sich Lorena noch weniger auf ihr Gespräch mit Sandra konzentrieren. Ihr Puls beschleunigte sich alleine durch seine Nähe und sie spürte, dass sie zwischen ihren Schenkeln feucht wurde. Ihr war bewusst, dass Simon ihr ihre Erregung ansehen würde, wenn er ihr in die Augen schaute und ihre Nervosität konnte sie auch nicht mehr verbergen. Seine bloße Anwesenheit reichte aus, dass ihre Hormone komplett verrücktspielten. Was war nur los mit ihr? Sie war doch sonst nicht so triebhaft. Ihr Körper reagierte auf ihn, ohne dass ihr Verstand nur den Hauch einer Chance hatte, sich dagegen zu behaupten. Der Tag konnte ja noch heiter werden! Dass die Kombination aus Simons Anwesenheit und Alkohol keine gute Voraussetzung war, hatte sie auf Michaels Party schon gemerkt, aber jetzt waren sie auch noch auf der Wiesn, an dem Ort, der für seine Hemmungslosigkeit bekannt war. Jetzt galt es, sich zusammenzureißen, um sich nicht wieder zu einer unüberlegten Reaktion hinreißen zu lassen. Sie musste aus dem Spiel aussteigen, bevor sie Gefahr lief, sich im nächsten Level das Genick zu brechen. Während sie sich im Gespräch mit Sandras Jobproblemen beschäftigte, tauchten in ihren

Gedanken Bilder auf, wie sie sich an Simons dunkler Lederhose zu schaffen machte. Lorena verfluchte sich selber dafür, dass sie ihre Fantasien nicht bändigen konnte, und trank einen weiteren Schluck ihrer Radler-Maß. Obwohl sie es vermied, in Simons Richtung zu schauen, nahm sie aus dem Augenwinkel wahr, dass er seinen Blick auf sie gerichtet hatte. Sie drehte den Kopf und einen Moment hatten sie einen intensiven Blickkontakt. Simon grinste sie an und sah ihr fordernd in die Augen, bevor er sich wieder an Torben wandte. „Torben, ich versteh dein Dilemma. Die Frauen geben sich heutzutage oft als jemand anderes aus oder verheimlichen irgendwas. Vor kurzem habe ich mit einer privat gechattet, die hat mir ein Bild geschickt, da hat sie eine völlig andere Seite von sich offenbart. Ich hab erst mal schlucken müssen, aber das Bild muss ich euch zeigen. Ich bin gespannt, was ihr dazu sagt." Lorena zuckte innerlich zusammen. Es war ganz klar, die Botschaft galt ihr. Simon öffnete die Galerie seines Smartphones, während er Lorena weiter beobachtete. Ihr Puls schoss schlagartig in die Höhe. Sie wusste genau, welche Dateien sich in Simons Handyspeicher befanden. Ein Bild von ihr in Unterwäsche mit Overknees. Ein Video davon, wie sie den Saft ihrer Vagina von ihrem Finger ableckte. Sie spürte ihren eigenen Herzschlag in ihrer Brust. Kein Wort nahm sie mehr von Sandras Erzählung wahr, Konzentration war nicht mehr möglich. Wenn er jetzt ihr Bild öffnete, war sie geliefert. Sie warf Simon einen warnenden Blick zu, doch er grinste sie nur frech mit dieser selbstbewussten Ausstrahlung an, die sie so wahnsinnig machte. Sie hatte befürchtet, dass er sie testen würde, dass er eine neue Spielrunde einläuten würde, aber dass er dazu ihre Bilder einsetzen würde, diese Dreistigkeit hatte sie ihm nicht zugetraut. Jeder Millimeter ihres Körpers stand unter Anspannung. Wie weit würde Simon gehen, um sie zu provozieren? Sie schaute zu Andi, der sich mit Tom, Roland und David im Gespräch über den anstehenden Vater-Kind-Ausflug austauschte und sich nicht für Simons Frauen-geschichten interessierte. Augenblicklich meldete sich ihr schlechtes Gewissen zu Wort und verdrängte für einen Moment das Gefühl ihrer Nervosität. Wieso hatte sie sich überhaupt jemals auf Simons Spiel eingelassen? Sie lief damit Gefahr, Andi zu verletzen und ihre Ehe zu riskieren. Sie griff nervös zu ihrem Radler, als Simon Torben sein Smartphone reichte. Den Blick auf den Tisch gerichtet, rechnete sie mit dem Schlimmsten. Ihr Herz klopfte ihr bis zum Hals. Ihre Gedanken überschlugen sich und ihr innerer Moralapostel schrie sie an. Jetzt würde alles auffliegen! Jetzt bekam sie die Rechnung für ihre Grenzüberschreitung! Sie war zu weit gegangen und das ließ Simon sie wissen!„Simon, die hast du nicht wirklich gedatet? Ist das ein Mann oder eine Frau?" Der Kommentar von Torben kam erst zeitverzögert bei ihr an, so angespannt war sie. Dann folgte die Verwirrung. Was? Sie wagte einen Blick auf das Display, da das Handy auf dem Tisch lag. Wider Erwarten war auf dem Foto nicht sie zu sehen, sondern ein pink geschminkter Transvestitenmann. Erleichtert lachte sie auf und schaute Simon gespielt empört an. Dieser gemeine Schuft! Er hatte sie drangekriegt. Mit dieser Aktion hatte er sie wieder herausfordern wollen. Es war so klar gewesen, dass er seine Macht über sie in irgendeiner Weise ausspielen würde. Simon grinste überheblich über seinen Triumph zurück und ihre Yoni reagierte mit einem wohligen Schauer. Dieser Blick! Er reichte, dass sie sofort wieder schwach wurde. Aber damit musste jetzt Schluss sein. Das Spiel war mittlerweile zu heiß und ihr Spieleinsatz viel zu hoch. Sie musste diesen Flirt beenden, bevor sie eine Grenze überschritt, die nicht nur ihre Ehe, sondern auch ihren Ruf im Freundeskreis im Nu ruinieren konnte. Sie hatte es in der Hand, jetzt und hier einen Schlussstrich zu ziehen. Es war ihre Wahl. Demonstrativ stand Lorena auf und setzte sich neben Lena auf die andere Tischseite, weit weg von Simon. Obwohl es sie einiges an Beherrschung kostete, schaffte sie es, eine Weile nicht zu ihm zu schauen, sondern im Moment zu sein. Als auf einmal ihr Handy in ihrer Dirndltasche vibrierte, zuckte sie zusammen. Ohne einen Blick auf ihr Display zu werfen, wusste sie, von wem die Nachricht kam. Das Vibrieren des Handys läutete offensichtlich die nächste Spielrunde ein. Mit dem Fototrigger hatte er einen Warnschuss abgegeben, um ihr zu zeigen, dass er sie in der Hand hatte, jetzt ging es ihm darum, sie wieder herauszufordern und ihre Grenzen auszutesten. Sie war sich sicher, dass sie eben eine weitere Aufgabe bekommen hatte, der sie sich nicht widersetzen durfte. Sie spürte den Drang, sofort auf ihr Handy zu schauen, doch dieses Mal wollte sie ihren Impulsen nicht unkontrolliert nachgeben. Jetzt galt es, Contenance zu bewahren. Nein, diesmal würde sie sich nicht zur Spielfigur machen lassen. Sie ermahnte sich selbst, die Kontrolle über die Situation zu behalten und prostete Lena zu, um sich abzulenken. Noch hatte sie die Möglichkeit, aus der Sache auszusteigen, ohne dass etwas wirklich Verwerfliches passiert war. Es kribbelte sie in den

Fingern. Ihre Neugierde drängte darauf zu erfahren, was er diesmal von ihr forderte. Gleichzeitig hatte sie Angst vor ihrer eigenen Reaktion. Sie vertraute sich selbst nicht mehr in Bezug auf Simon und ihr kleines Spiel. Lorena holte ihr Handy aus der Tasche, verwehrte sich aber den Blick auf das Display. Am besten wäre es, die Nachricht ungelesen zu löschen, bevor sie sich in die Bredouille brachte. Ein kurzer Blick auf ihr Smartphone bestätigte ihre Vermutung. Die Nachricht war von Simon. Das Benachrichtigungs-icon in Verbindung mit seinem Namen gab ihr einen direkten Dopaminkick, ihre erogenen Zonen reagierten mit Vorfreude und ihr innerer Moralapostel war sofort wieder in Habachtstellung. Lorenas Gefühle fuhren Achterbahn, ohne dass sie die Message von ihm überhaupt gelesen hatte. Die Libido und die Neugierde gaben ihr einen Schubs und sie öffnete Simons Forderung.

S: Meine Liebe, eine Chance bekommst du noch, mir zu zeigen, dass du nicht frigide bist. Also noch mal zurück auf Los. Zieh hier am Tisch deinen Slip aus und stecke ihn vor meinen Augen einem anderen Mann zu. Ach ja, Andi und ich sind als Zielpersonen ausgeschlossen. … Und Lorena, reagierst du das nächste Mal wieder nicht, dann kann ich dir nicht garantieren, dass deine Beweise bei mir sicher sind. ;-)

Lorena löschte die Nachricht und steckte ihr Smartphone mit zitternden Händen wieder in ihre Dirndltasche. Hitze stieg in ihr auf. Ihr Adrenalinspiegel war spürbar erhöht. Sie hatte das Gefühl, ihr Dirndl war eben noch mal enger geworden, sie bekam kaum noch Luft. Sie versuchte, die Empörung über seine Forderung bewusst wegzuatmen und die Sendelautstärke ihres Verstandes lauter zu drehen. Ihr Moralapostel stand zum Plädoyer bereit, aber seine Argumente waren die gleichen wie auch schon die letzten Male. Nein! Sie war eine verheiratete Frau! Sie war zu alt, um sich auf solche Spielereien einzulassen! Sie hatte zwei Kinder, die eine anständige Mutter verdient hatten! Diesmal durfte sie auf keinen Fall nachgeben! Ihr Verstand rebellierte, aber ihre Libido ignorierte ihn und schien stattdessen all ihre Kräfte zu mobilisieren, um ihren eigenen Willen durchzusetzen. Die Argumente ihres Moralapostels griffen nicht mehr. Sie waren zu schwach. Sie spürte, dass ihre Zellen bereits wieder auf Erotik umpolten. Ihre Vagina signalisierte Lorena, dass sie nackt sein wollte. Wieder nackt sein wollte. So wie am Mittwoch im Büro. Erzürnt darüber, dass ihr

Körper seinen eigenen Kopf hatte, trank sie einen weiteren Schluck von ihrem Radler. Mittlerweile war ihr klar, Simon würde sie nicht ernsthaft auffliegen lassen, wenn sie da nicht mehr mitspielte. Sein Ruf stand genauso auf dem Spiel. Er würde sich rechtfertigen müssen, wie er an das Beweismaterial gekommen war, er wäre derjenige, der als Womanizer abgestempelt werden würde, der die verheirateten Frauen aus dem Freundeskreis abschleppte. Er hatte keine Macht über sie, sie gab sie ihm. Lorena schaute zu Simon und ihre Augen trafen sich. Sein Blick war selbstbewusst, fordernd und gleichzeitig in sich ruhend. Wie sie seine selbstgefällige Ausstrahlung hasste! Wie sie seine Ausstrahlung liebte! Er machte sie wahnsinnig! So eine Anziehung wie er hatte noch kein Mann auf sie gehabt. Aber das war kein Grund, unvernünftig zu werden! Sie hatte es selbst in der Hand, aus dem Spiel auszusteigen. Es war ihre freie Wahl und keine Entscheidung, die ihr Körper zu treffen hatte. Wo sollte das denn noch hinführen, wenn sie sich weiter auf seine Forderungen einlassen würde? Noch einen Schritt weiter zu gehen, konnte sie mit ihrem Gewissen nicht vereinbaren. Sie wollte Andi auf keinen Fall betrügen. Aber galt es als Betrug, wenn sie ihren Slip ausziehen würde? Eigentlich nicht, zumal sie diese Grenze ja eh schon überschritten hatte. Aber das Höschen einem fremden Kerl geben, den sie dann womöglich an der Backe hatte? Nein! Das ging mal wieder zu weit! Sie wandte provokativ den Blick von Simon ab und unterhielt sich weiter mit Lena über deren Nichte. Nein! Diesmal durfte sie nicht schwach werden! Lorenas Yoni pulsierte, als wolle sie Protest gegen ihren Widerstand einlegen. Sie überschlug unter dem Tisch die Beine, um den Protest zu unterbinden. Frigide? Hatte er sie wirklich frigide genannt? Ihr Adrenalinspiegel stieg weiter an und sie spürte, wie ihre Empörung in Kombination mit ihrer Lust ihre Standhaftigkeit zum Bröckeln brachte. Der Reiz war zu groß, um ihm nicht nachzugeben. Er wollte spielen? Okay, das konnte er haben, aber dann nach ihren Regeln! Lorena holte tief Luft, dann schaute sie wieder zu Simon. Immerhin hatte sie mittlerweile seine Aufmerksamkeit. Er unterhielt sich zwar mit Tom, aber sie nahm wahr, dass er sie unauffällig aus dem Augenwinkel beobachtete. Das wurde auch Zeit! Showtime! Zeit, bewusst in den Flirtmodus zu wechseln, zumindest vorübergehend. Zeit, ihre weiblichen Seiten zu zeigen, um sich seine Anerkennung zu holen. Sie wollte endlich mal wieder gesehen und als Frau wahrgenommen werden. Sie setzte sich betont gerade hin und drehte ihren Oberkörper in Simons Richtung, so dass er dem Blick auf ihre perfekt in Szene gesetzten Brüste nicht mehr entkommen konnte. Ihre Libido jubilierte und freute sich, dass die Weiblichkeit jetzt endlich Raum bekam. Lorena setzte ihren lasziven Blick auf, suchte gezielt den Blickkontakt zu Simon und biss sich leicht auf die Unterlippe. Es war wie auf der Party, es dauerte ein paar wenige Sekunden, dann hatte sie ihn und er ließ sich auf ihr Spiel ein. Er schaute ihr genauso intensiv in die Augen wie sie ihm. Erwartungsvoll und dennoch kontrolliert und gleichzeitig dabei die ganze Situation im Blick habend. Lorena genoss den Flirt mit ihm. Genoss seine Aufmerksamkeit. Jetzt war sie mit ihrem Zug dran. Sie hatte sich schon oft gefragt, wofür das Loch im Dirndlrock war, welches sich bei jedem Dirndl hinter der Schürze verbarg, aber in diesem Moment wurde es ihr klar. Genau für solche Forderungen wie die von Simon. Sie lächelte selbstbewusst und hielt Simons Blick stand. Gleichzeitig griff sie unter ihrer rechts gebundenen Schürze durch das Loch im Stoff zu ihrem Slip, hob erst die eine Arschbacke, dann die andere leicht an, schob ihr Höschen mit der Hand bis zum Knie, half mit dem Fuß nach, bückte sich und steckte den Slip in Sekundenschnelle in ihre Dirndltasche. Etwas umständlich, aber keinesfalls zu auffällig. Ihr Lächeln wurde zu einem siegessicheren Grinsen. Da war er wieder. Der kühle Luftzug an ihrer feuchten, heißen Vagina, die augenblicklich zu pulsieren anfing. Das Gefühl von Freiheit. Das Gefühl von Macht. Das Gefühl purer Weiblichkeit. Sie bemerkte, dass sich Simons Blick verändert hatte. Lüstern. Anerkennend. Ihr Ziel hatte sie erreicht. Seine Begierde war geweckt. Jetzt galt es nur noch, noch mehr mit ihren Reizen zu spielen. Sie wollte ihn betören und seine Hormone in Wallung bringen. Den Spieß umdrehen und den Pfeil der Erregung an ihn zurückschicken. Lorena hatte einen Waffenschein für die Waffen der Frauen und wusste damit umzugehen. In dem Moment, als ihr Höschen in ihrer Dirndltasche verschwunden war, kam ihr verstärktes Selbstbewusstsein zurück. Ihre Erotik war ihre Superpower, die ihre Angst vor den Konsequenzen verdrängte. Jetzt war sie im Spiel drin, jetzt konnte sie auch weiterspielen. Sie stand auf, zog Lena hoch auf die Bank und tanzte mit ihr zu *Country Roads*. Nur auf der Bank war die Gefahr da, entdeckt zu werden – und diesen Kick brauchte sie. Wenn sie schon spielte, dann wenigstens richtig. Von oben schaute sie provozierend nach unten zu Simon und ihre Blicke trafen sich. Sofort machte sich wieder das angenehme Ziehen zwischen ihren Schenkeln bemerkbar und ihre Fantasie schickte ihr erregende Bilder. Wäre sie nicht verheiratet, würde sie sich jetzt ohne Höschen auf seinen Schoß setzen, um ihm dann die Klappe seiner Lederhose aufzumachen und es herauszufordern, seinen Schwanz so wachsen zu lassen, dass seine Spitze ihr feuchtes Loch berührte. Bei diesen Gedanken schossen die Hormone durch ihr Blut. Sie musste sich zusammenreißen. Sie konnte nicht den ganzen Abend an Sex denken, sie war hier, um zu feiern, nicht um frivole Gedankenspielchen zu spielen. Im Bierzelt war die Stimmung inzwischen hoch-gekocht. Die Band packte die besten Stücke aus und mittlerweile saß kaum einer mehr auf den Bänken. Das Zelt war am Tanzen und sie war mittendrin. Lorena merkte, wie sich die Hormone in ihrem Blut mit dem Alkohol vermischten. Sie war noch nicht betrunken, aber schon angeheitert und kam langsam in diese Laune, in der sie hemmungsloser wurde und nicht mehr über alles nachdachte, sondern einfach war. In Anbetracht der Umstände eine gefährliche Kombination. Sie tanzte auf der Bank, suchte immer wieder den Blickkontakt mit Simon und genoss den Flirt. Als er leicht fordernd die Augenbrauen hochzog, verstand sie sofort, was er ihr sagen wollte. Sie hatte seine Aufgabe noch nicht erfüllt. Der zweite Teil der

Challenge stand noch aus und Lorena hatte keine Ahnung, ob und wie sie diese Herausforderung erfüllen sollte. Sie schaute sich im Bierzelt um, fand aber keinen potentiellen Kandidaten für ihren Slip. Die gemeinsamen Freunde waren keine Option. Es war eine absolut heikle Aufgabe, aber Simon enttäuschen zu müssen, kam für sie nicht in Frage. So etwas machte eine „Sub" schließlich nicht. Abgesehen davon war sie nicht die Frau, die einfach aufgab, sie liebte Herausforderungen. Die Kapelle ließ die Stimmung im Bierzelt weiter hochkochen. Lorena tanzte und sang ausgelassen mit und hob immer mal wieder kurz ihren Rock etwas hoch, um den Reiz des Verbotenen auf die Spitze zu treiben. Gleichzeitig war sie wachsam auf der Suche nach einem Abnehmer für ihr kleines Wiesn-Souvenir und es dauerte nicht lange, bis sie ihn entdeckte. Im Gang stand ein paar Meter weiter ein Mann, der ihr nicht unbekannt war. Flo, mit dem sie vor Ewigkeiten, lange vor Andi, mal eine kurze Affäre gehabt hatte. Der perfekte Kandidat! Lorena schaute Simon noch einmal intensiv in die Augen, um ihm zu signalisieren, dass sie bereit war, dann sprang sie von der Bank runter und fing Flo im Gang ab, indem sie sich ihm provokant in den Weg stellte. Flo schien schon betrunken zu sein, er torkelte und sein Blick war nicht mehr klar.

Obwohl sie sich direkt vor ihn stellte, nahm er sie nicht richtig wahr. „Hey!" Sie hielt Flo demonstrativ an der Hand fest. Er schaute sie überrascht an und sie merkte, dass seine Sinne schon vom Dunst des Alkohols vernebelt waren. Es dauerte etwas, bis er auf sie reagierte, dann aber umso überschwänglicher. Er umarmte sie stürmisch und ließ seine Hand auf ihrer Hüfte liegen. Sofort wanderte sein Blick in ihren Ausschnitt und er grinste breit, im doppelten Sinne. Lorena wusste, dass sie ihm im Gedächtnis geblieben war. Er hatte ihr in den letzten zwölf Jahren hin und wieder eindeutige Nachrichten geschrieben, auf die sie als verheiratete Frau jedoch nie eingegangen war. Der Sex mit ihm war jedes Mal gut gewesen, aber sein Intellekt hatte sie nie angemacht. Flo war ein oberflächlicher Mann, mit dem sie nie ein tiefgründiges Gespräch hatte führen können. Kognitiv hatte sie sich ihm immer überlegen gefühlt, weswegen sie die Sache nach ein paar Bettdates schließlich beendet hatte, schon lange bevor sie Andi überhaupt traf. Auch wenn es bei ihren Affären nie um Gefühle gegangen war, war die zwischenmenschliche Komponente doch immer ein Kriterium gewesen, das über die Qualität der Liaison entschied. Im geistigen Bereich war sie mit Flo nie kompatibel gewesen, die

Gespräche mit ihm immer ziemlich flach. Dennoch hatte es damals eine Nacht gegeben, die ihr in Erinnerung geblieben war. An diesem Abend hatte sie ihn geritten und er hatte dadurch ihren G-Punkt so stimulieren können, dass sie eine Orgasmusintensität erlebte, die sie so davor nicht gekannt hatte. Das erste Mal in ihrem Leben hatte Lorena eine weibliche Ejakulation erlebt und einen Orgasmus erfahren, der jede Zelle ihres Körpers durchgeschüttelt hatte. Lorena konnte sich noch gut daran erinnern, wie irritiert sie in dieser Nacht reagiert hatte, als sie die plötzliche Nässe in ihrem Schoß und auf dem Bett bemerkt hatte, aber gleichzeitig war sie so in ihrer Lust gewesen, dass sie es einfach als Geschenk annahm. Lorena musste sich eingestehen, dass der Gedanke an diese eine Nacht sie erregte. Viel zu lange hatten ihre Orgasmen schon nicht mehr so eine Intensität erreicht. Viel zu lange hatte sie sich schon nicht mehr so vollkommen hingegeben. Es wurde definitiv Zeit, dass sie mal wieder sexuelle Ekstase erfuhr, sonst lief sie wirklich noch Gefahr, dass ihre Selbstkontrolle demnächst kollabierte. Doch Flo war keine Option mehr, sondern aktuell nur ihr Mittel zum Zweck. Ihr eigentliches Objekt der Begierde war in diesem Moment ein anderer. Lorena schaute über ihre Schulter zu ihrem

Freundeskreis. Simon stand im Gang, trank seine Maß und beobachtete sie mit dieser lässigen Überheblichkeit, die sie so wahnsinnig machte. Ansonsten war niemand mit seiner Aufmerksamkeit bei ihr. Andi unterhielt sich mit den Jungs und schenkte ihr keine weitere Beachtung. Einen kurzen Moment meldete sich ihr innerer Moralapostel, aber Lorena schob ihn zur Seite. Er hatte nichts mehr zu melden. Simon schaute sie provozierend an. Es war offensichtlich, dass er eine Handlung von ihr erwartete und sie wollte ihn und sich selber nicht enttäuschen. Sie wollte ihm beweisen, dass sie nicht frigide war. Frigide! Das Wort rief immer noch Empörung in ihr wach. „Du bist noch so heiß wie damals. Bist du mit deinem Mann da?" Flos Blick war weiterhin auf ihr Dekolleté gerichtet. Lorena war in Spiellaune. Leicht drückte sie ihren Oberkörper an seinen und flüsterte ihm ins Ohr: „Ja … Sonst käme ich jetzt sicherlich in Versuchung …" Kaum ausgesprochen projizierte der Hormon-Alkohol-Cocktail in ihrem Blut ihr Bilder vor Augen. Bilder von ihr im Bett mit Simon. Bilder von Sex mit Flo. Im Geheimen hatte sie sich schon immer einen Dreier mit zwei Männern oder auch mit einer weiteren Frau gewünscht, aber bisher hatte sie nie den Mut gehabt, offen zu diesem Wunsch zu stehen. Andi war nicht der Mann dafür und die gesellschaftlichen Konventionen erlaubten einer verheirateten Mutter solche Gedanken nicht. Aber in ihrer Fantasie war sie frei, ihre Lust zu leben. Sie stellte sich vor, wie sie im Bett mit Simon und Andi der Mittelpunkt des Geschehens war. Die Frau, die von beiden Männern begehrt wurde und gleichzeitig das Spiel lenkte. Sie malte sich aus, wie beide sie verwöhnten, ihr Aufmerksamkeit schenkten und sich alles um sie und ihre Lust drehte. Ihr persönlicher Erotikfilm lief mikroskopisch genau vor ihrem inneren Auge ab und sie spürte nahezu die Berührungen. Sie malte sich aus, wie die Männer sie streichelten und sie am ganzen Körper massierten. Sie stellte sich vor, wie die Hände der beiden über ihren Hintern zu ihren Oberschenkeln wanderten, bis sie umgedreht und von vorne berührt wurde. Während Flo ihre Oberschenkel küsste, stimulierte Simon ihre Klitoris und liebkoste ihre Schamlippen. In Gedanken setzte sie sich auf Simons Schoß und knutschte leidenschaftlich mit ihm, während Flo hinter ihr saß, ihren Hals küsste und ihre Brüste massierte. In der weiteren Szene in ihrem Kopf drang Simon in sie ein und sie ritt ihn zuerst langsam und dann immer schneller nach ihrem Tempo. Flo schaute dabei zu und ihm beim Masturbieren zuzusehen, potenzierte ihre Lust. Sie kam schnell und intensiv, um sich gleich wieder ihrer Lust hinzugeben. Diesmal durfte Flo sie verwöhnen. Er leckte ihre feuchte Spalte und umspielte mit der Zunge ihre geschwollene Perle, während sie Simon lustvoll mit einem Blowjob verwöhnte und die Vibes seiner Erregung in ihrem Mund spürte. Der Film, der in Lorenas Kopf ablief, sorgte dafür, dass ihre Hormone vor lauter Verlangen Achterbahn fuhren. Das war schon eine sehr verlockende Vorstellung. Ihre Muschel antwortete mit purer Erregung. Ihr ganzer Uterus war in einer freudigen Habachtstellung. Sie spürte, wie ein Tropfen ihres Zervixschleims an ihrem Bein entlanglief. Flo schien ihr Begehren zu merken, denn er zog sie etwas enger an sich heran. Lorena zwinkerte ihm zu und ergriff die Chance, zog ihr Höschen aus ihrer Dirndltasche und schob es Flo unauffällig in seine Hosentasche. „Ich muss los, mein Mann wartet auf mich. Und übrigens, ich habe heute keinen Slip drunter." Den letzten Satz konnte sie sich nicht verkneifen. Flo starrte sie an und sie sah die Begierde in seinem Blick. Diese Aussage hatte ihn scheinbar etwas aus der Bahn geworfen. Sie lächelte ihn an, dann machte sie sich von ihm los und hörte ihn nur noch irritiert sagen: „Na dann, meld dich mal wieder!" Vollgepumpt mit

Adrenalin und einem siegesbewussten Lächeln auf den Lippen ging sie wieder zu den anderen. Challenge completed. Schade, dass sie Flos Gesicht nicht sehen konnte, wenn er ihr Souvenir fand …

Kapitel 8

Zurück am Platz legte Andi ihr die Hand auf die Schulter. „Bleibst du noch hier oder kommst du mit? Ich wollte noch zu meinen Kollegen in das andere Zelt schauen." Lorena erinnerte sich, dass ihr Andi das am Vormittag erzählt hatte, aber sie hatte ihm nicht richtig zugehört. Wann hörten sie sich überhaupt noch gegenseitig zu? Sie hatte so oft das Gefühl, dass Andi und sie durch die Routine des Alltags eingeschlafen waren und sich nicht mehr wirklich sahen. Andi kannte sie zwar am besten und gleichzeitig kannte er sie gar nicht. Lorena sehnte sich schon lange nach einem neuen Level der Beziehung. Nach einem Feld, das sie im Erblühen förderte, statt in ihrem Wachstum zu hemmen. Ihr fehlte die Lebendigkeit in ihrer Ehe. Ein paar Mal hatte sie bereits versucht, mit Andi darüber zu reden, allerdings zeigte er keine Intention, etwas zu ändern. Für ihn war scheinbar alles perfekt so, wie es war, aber für Lorena nicht. Nicht mehr! Das Mittelmaß ihrer Ehe widerstrebte ihr immer mehr, stattdessen hatte sie ein starkes Verlangen danach, eine Beziehung zu führen, in der eine gegenseitige Potentialentfaltung möglich war. Nur wie sollte ihr eine Revolution ihrer Ehe gelingen, wenn sie alleine an dem Strang zog und die Verführungen im Außen immer größer wurden? Lorena wusste darauf einfach keine Antwort. Insgeheim war ihr bewusst, dass sie mit Andi hätte mitgehen sollen, aber eine innere Stimme legte Widerspruch ein. Auf seine spießigen Bankkollegen hatte sie jetzt wirklich keine Lust. Alles Banker, die entweder einen Stock im Arsch hatten oder unter Alkohol unangenehm exzessiv wurden. Dahingegen war die Vorstellung, noch mit Simon im Zelt bleiben zu können, ohne dass ihr Mann dabei war, mehr als verlockend. Sie hatte Lust, sich auf das Spielfeld zu begeben und sich sein nächstes Level-Design anzuschauen. „Nein, ich bleib lieber hier. Wir sehen uns dann später daheim! Ich nehm ein Taxi." Andi nickte, gab ihr einen flüchtigen Kuss, der sich leer anfühlte, und verabschiedete sich von den anderen. Kaum war er weg, wurde Lorena nervös. Ihr war bewusst, dass Simon sie beobachtete, aber sie war noch nicht bereit, ihm in die zu Augen schauen, wohl wissend, dass das Spiel jetzt erst recht spannend werden würde. Die Situation war verdammt heiß. Sie +

Alkohol + Simon in einem Raum … Dass das nicht die beste Voraussetzung war, um anständig zu bleiben, hatte ihr ihr Körper schon mehrfach demonstriert. Lorena kämpfte gegen sich selber. Auf ihrer einen Schulter saß ihre Moral, auf der anderen Schulter ihre Neugierde. Gleichzeitig hatte sie Respekt vor ihrer eigenen Courage und ihrer Libido, die mittlerweile die Macht hatte, das Knock-out für ihren Verstand einzuleiten. Sie bestellte sich eine zweite Radler-Maß und begab sich zu ihren Mädels, die teils auf der Bank, teils auf dem Gang standen und sich ausgelassen der Wiesn-Stimmung hingaben. Es tat so gut, dem Alltagstrott zu entfliehen. Das Leben mal wieder zu feiern. Lorena blieb im Gang stehen, tanzte mit ihren Freundinnen und entschied sich dafür, Simon vorerst keine Beachtung zu schenken. Nach der Slipübergabe hatte sich ihr Puls gerade wieder etwas beruhigt, jetzt lag es an ihr, die Kontrolle zu bewahren und ihre Triebe und ihr Begehren im Zaum zu halten. Sie war sich durchaus bewusst, dass das heute noch eine größere Herausforderung werden würde, denn sie hatte definitiv schon zu viel Alkohol getrunken, um ihre Hormone in Schach halten zu können. Abgesehen davon machte ihre Libido zurzeit eh, was sie wollte. Der Grat zwischen ihrer Spiellaune und dem, was für sie als verheiratete Frau erlaubt war, wurde immer schmaler. Sie hatte bereits zu viele Grenzen überschritten und auch wenn Andi nicht mehr physisch anwesend war, war er doch präsent. Ihr innerer Moralapostel hob in ihren Gedanken ständig ein Schild mit dem Hochzeitsfoto von ihr und Andi hoch, um sie daran zu erinnern, wo sie hingehörte. Die Stimmung im Zelt war mittlerweile so hochgekocht, dass Lorena sich davon anstecken ließ. Sie sang lautstark zu *Brenna tuats guat* von Hubert von Goisern mit und genoss das Gefühl, unter ihrem Dirndlrock nackt zu sein. Es war ein Gefühl von Freiheit, nach der sie sich immer mehr sehnte. „Das war einfach, du kanntest ihn." Lorena zuckte zusammen, als Simon plötzlich hinter ihr stand und ihr ins Ohr flüsterte. Ihre guten Vorsätze gerieten augenblicklich ins Straucheln, ihr Herz rutschte ihr in die Hose, besser gesagt direkt in ihren Schoß. Schlagartig schien Simon wieder die Kontrolle über ihr Begehren zu übernehmen. Instinktiv trat sie einen Schritt zurück, so dass sie ihren Hintern an seinen Schritt drücken konnte. Sie wollte ihn spüren. Es war generell sehr eng in dem Gang, so dass es den anderen nicht auffiel, wie nah sie tatsächlich bei ihm stand. Sofort war ihr ganzer Körper angespannt und ihre erogenen Zonen aktiviert. Sie hatte ja geahnt, dass es heute noch heiß werden würde. Ein Teil in ihr hatte es sogar gehofft. Simon legte ihr die Hand auf die Hüfte und strich leicht mit dem Daumen darüber, was für einen erneuten Anstieg ihrer Pulsfrequenz sorgte. Sie positionierte unauffällig ihre Hand auf seiner und spielte für einen Moment mit seinem Daumen, was direkt Bilder in ihrem Kopf hervorrief, in denen sie einen ganz anderen Körperteil von ihm umfasste. Lorena genoss es, Körper an Körper mit ihm zu stehen, seinen warmen Atem in ihrem Nacken zu spüren, war sich aber gleichzeitig bewusst darüber, dass sie mit dem Feuer spielte und drohte sich zu verbrennen. Seine Nähe war viel zu nah und trotzdem lange noch nicht nah genug. Ihre Moral versuchte sich einen Moment aufzubäumen, aber die Libido stellte sich ihr in den Weg. Jetzt war sie an der Reihe! Lorena sammelte sich innerlich, drehte sich um und schaute Simon direkt in seine blauen Augen. Er grinste sieges-gewiss mit dem Blick eines Spielers zurück. Sein Selbstbewusstsein und sein Strahlen hauten sie erneut um. Was für eine wahnsinnig faszinierende Ausstrahlung er doch hatte. Lorena drückte ihren Körper enger an seinen. Ihre nackte Vagina unter ihrem Dirndl war aufgeregt. In jeder Zelle ihres Körpers kribbelte es. Der Gedanke daran, dass sein Schwanz nur durch dünne Stoffschichten von ihrer nackten Yoni getrennt war, machte sie wahnsinnig. Ihr gesamter Schoßraum fühlte sich wie ein Magnet von seinem Körper angezogen. Wie sehr sie diesen Mann begehrte. Wie sehr sie sich nach seinen Berührungen sehnte. Wie sehr sie seinen Schwanz zwischen ihren Schenkeln spüren wollte. Wie sehr sie wollte, dass er mit der Schwanzspitze ihre Schamlippen auseinanderschob, um in sie einzudringen. Wie sehr sie von ihm gefickt werden wollte! Sie biss sich hinsichtlich ihres Eingeständnisses und ihres inneren Konfliktes auf die Lippen und musste sich beherrschen, ihn nicht zu küssen. Insgeheim war sie froh, dass sie so unter Beobachtung standen, sonst hätte sie diese Grenze wohl in diesem Moment überschritten. Je näher er bei ihr stand, desto mehr verzogen sich ihre moralischen Bedenken und ihr Gewissen, um ihren Trieben Platz zu machen. In ihr loderte ein Verlangen, das darauf brannte, endlich gestillt zu werden. Simon wirkte wie ein Aphrodisiakum auf all ihre Nervenenden. Er schaffte es, ihren Verstand komplett auszuschalten. Wohl wissend, dass die Freunde in der Nähe standen, traute sie sich, in der Enge des Getümmels die Arme um Simon zu legen und umfasste mit festem Griff seinen Hintern in der Lederhose, um ihn noch enger an sich heranzuziehen. Sie wollte ihn spüren. Wenigstens einen Moment. Simon hielt intensiv den Blickkontakt und sie sah, dass seine Begierde genauso entflammt war wie ihre. Zwischen ihnen brannte die Luft. Sie wusste, dass er wusste, wie nackt ihre Muschel unter ihrem Dirndl war. Wie gerne hätte sie ihm gezeigt, wie feucht sie war. Wenn er sie jetzt hier fingern würde, dann würde sie innerhalb von wenigen Sekunden kommen, so erregt war sie schon. Unter der Dirndlschürze würde er sie sogar relativ im Geheimen stimulieren können, ohne dass es jemand mitbekommen würde. Ein heimlicher Orgasmus im Bierzelt! Intensiv kommen und sich gleichzeitig beherrschen müssen! Was für eine erregende Vorstellung, die sich direkt auf ihren Schoßraum übertrug. Ihre Vagina zog sich erwartungsvoll zusammen. Sie spürte ihre warme Feuchtigkeit an ihrem Bein. Lorena atmete tief ein und versuchte sich zu sammeln, um wieder Frau ihrer Sinne zu werden. Der Alkohol! Die Hormone! Dieser Mann! Dieser Cocktail war so stark, dass er sie mehr und mehr schwach werden ließ. Als Simon ihr ebenfalls an den Hintern griff und sie noch ein Stück näher an sich heranzog, war der letzte Widerstand in ihr vollends gebrochen und ihre Moral verstummte. Jetzt war es wirklich nur noch der Stoff von Lederhose und Dirndl, der ihre Yoni von seinem

Lingam trennte. Ihre Hormone rauschten durch ihren gesamten Körper und sammelten sich alle in ihrem Schoß. Sie konnte es nicht länger leugnen. Sie sehnte sich danach, mit ihm zu schlafen und das am liebsten jetzt und hier. Der Alkohol vernebelte ihr die Sinne und trotzdem stand ihr Verstand wie ein Wächter über die Situation parat. Dieser offensichtliche Flirt war zu auffällig. Jeder der sie beobachtete, musste die Spannung sehen können, die in dem Moment zwischen Simon und ihr herrschte. Wenn sie nicht aufpasste, war es nur noch eine Frage der Zeit, bis Andi ein Bild von ihrer kleinen Liaison auf dem Handy haben würde. Das konnte sie ihm nicht antun. Gleichzeitig sehnte sie sich danach, Simon zu spüren. In ihr brannte der Wunsch, ihre Lust auszuleben, die sie so lange unterdrückt hatte. Die Hormone rauschten durch ihren Körper und versetzten sie in einen ekstatischen Rausch. Sie musste mit Simon raus, weg von den ganzen Leuten, weg vom Freundeskreis. Sie wollte mit ihm alleine sein und ihn küssen. Sie wollte sich dem Moment voll hingeben, ohne sich Gedanken über die Konsequenzen machen zu müssen. „Ich will dich spüren. Lass uns rausgehen", flüsterte sie ihm ins Ohr. Simon schaute ihr mit einem tiefen Blick in die Augen, strich sich durch die Haare, dann schob er sie bestimmt ein Stück von sich weg und wandte sich ab. „Lorena, du bist echt hot, aber leider zu sehr mit einem Freund verheiratet!" Lorena schaute ihn sprachlos an. Das war jetzt nicht sein Ernst! Da sprang sie mit Anlauf über ihren Schatten, ließ sich von ihren Hormonen überwältigen, gab ihm so eine Steilvorlage und dann gab er ihr ernsthaft einen Korb? Sie schmiss ihre Moral über den Haufen und dann wurde ausgerechnet Simon auf einmal moralisch? Ihr Selbstbewusstsein, das eben noch auf dem Höhepunkt gewesen war, fand sich auf einmal im Keller. Simon ging sonst mit jeder Frau ins Bett. Ihm war es egal, was andere über sein Sexleben und seinen Ruf dachten, aber ausgerechnet bei ihr zog er jetzt den Schwanz ein? Lorena war überfordert von dieser Situation und ihr Stolz tief gekränkt. Es hatte bisher keinen Mann gegeben, der sie sexuell abwies, obwohl sie ihm sichtbare Avancen gemacht hatte. Sie drehte sich von Simon weg, wich ein paar Schritte zurück, trank ein paar große Schlucke von ihrer Maß, um seinen Korb zu verdauen, und führte einen Dialog mit ihrem Verstand. Okay, sie einzubremsen war nötig gewesen. Es wäre nicht korrekt gewesen, ihn zu küssen. Damit hätte sie nicht nur ihre Ehe und ihre Familie aufs Spiel gesetzt, sondern es hätte auch die gesamte Sozialstruktur der Clique bedrohen können. Insgeheim musste sich Lorena eingestehen, dass es richtig von Simon gewesen war, sie zu bremsen, aber trotzdem fühlte sie sich wie vor den Kopf gestoßen. Nicht nur, weil er ihr eine Abfuhr erteilt hatte, sondern auch, weil sie es erschreckend fand, wie weit sie eben wirklich gegangen wäre. Sie war sich sicher, dass sie heute alles zugelassen hätte, wenn Simon mit ihr rausgegangen wäre. Seine Anziehung hatte ihren Verstand völlig lahmgelegt. Sie war kurz vor einem Systemabsturz gewesen. Und das, obwohl sie verheiratet war. Obwohl Treue für sie eigentlich wichtig war. Eigentlich. Dieses eine Wort relativierte alles. Lorena trank einen weiteren Schluck von ihrem Radler, versuchte ihre Gedanken zu sortieren und gestand sich das erste Mal die Wahrheit ein. Dass sie heute so weit gegangen wäre, lag nicht nur an Simon und seiner verdammten Anziehung auf sie. Es lag daran, dass sie sich in Bezug auf ihre Ehe schon lange etwas vormachte. Sie war nicht mehr glücklich mit Andi. Sie liebte ihn nicht mehr. Sie hatte schon lange das Gefühl, dass das Leben, was sie zurzeit führte, nicht ihr Leben war, sondern ein billiger Kompromiss. Sie lebte nicht mehr. Sie wurde von der Gesellschaft gelebt. Nur hatte sie bisher noch nicht den Mut gehabt, etwas zu ändern. Die Angst, ihre Sicherheit und das Familienkonstrukt aufgeben zu müssen, war zu groß. Aber war es nicht Zeit herauszufinden, was hinter der Angst lag? Wurde es nicht Zeit, die Sicherheitszone aufzugeben? Lorena schaute zu Simon, der ihr mittlerweile den Rücken zugedreht hatte, und musste ihm insgeheim recht geben. Bevor sie sich auf eine Affäre einließ, sollte sie erst mal ihr Leben neu sortieren. Legal eine Affäre zu haben, wäre etwas anderes als auf Kosten einer dritten Person. Das hatte Andi nicht verdient. Aber hatte sie es nicht verdient, glücklich zu sein und das zu tun, was sie erfüllte? Hatte sie nicht ein Recht darauf, wahrhaftige Freude und Vergnügen zu erleben? Ja verdammt, es war ihr Geburtsrecht, glücklich zu sein und sie allein hatte es in der Hand! Das Vibrieren ihres Handys in ihrer Dirndltasche riss sie aus ihren melancholischen Gedanken und holte sie ins Zelt zurück.

S: Lorena, du kennst mich – du bist eine attraktive Frau. Würde ich dich in freier Wildbahn kennenlernen, würde ich dich nicht nur küssen, sondern die ganze Nacht leidenschaftlichen Sex mit dir haben. Aber du bist nicht irgendein Aufriss aus ner Bar, sondern die Frau eines Freundes. Außerdem bist NICHT DU diejenige, die hier irgendwelche Forderungen stellen darf, vergiss das mal lieber nicht … ;-)

Lorena war brüskiert über seine Nachricht. Selbst jetzt musste er seine Macht über sie noch ausspielen. Reichte es ihm nicht, dass er sie gerade eiskalt vor den Kopf gestoßen hatte? Das versteckte Kompliment am Anfang der Message machte es auch nicht besser, ihr Stolz war geknickt und ihr Ego massiv beleidigt. Mit zwischenmenschlicher Ablehnung kam sie besser klar als mit sexueller Ablehnung. Das war früher ihr Steckenpferd gewesen. Ehemann hin oder her, sie wusste, dass sie heiß war. Nur scheinbar für den Mann, der alle haben konnte, einfach nicht heiß genug. Und das kratzte gewaltig an ihrem Selbstwertgefühl. Simon würde heute garantiert keine Aufmerksamkeit mehr von ihr bekommen. Demonstrativ steckte sie ihr Handy zurück in die Dirndltasche und beschloss, den Tag trotzdem zu genießen und ihre Freude nicht mehr vom Außen abhängig zu machen.

Kapitel 9

Lorena stellte sich mit ihrem Radler auf die Bank zu ihren Mädels und tanzte mit ihnen. Sie war zu gut drauf, um sich von einem Mann die Laune verderben zu lassen. Das Spiel mit Simon war schließlich nicht der Grund, warum sie hergekommen war. Sie wollte feiern, Spaß haben und dem Alltag durch Ablenkung entfliehen. Die Stimmung war mittlerweile bei allen ziemlich ausgelassen. Der Alkoholpegel war merklich gestiegen und die Band im Zelt spielte nur noch die besten Klassiker. Obwohl sie Schlager nie freiwillig hören würde, normalerweise stand sie eher auf Rock, fühlten sie sich in dem Ambiente stimmig an. Sie grölte beschwingt zu *Skandal im Sperrbezirk* mit, schunkelte Arm in Arm mit Anna auf der Bank und versuchte, den Skandal zu ignorieren, der sich in ihrem Sperrbezirk abspielte. Auf der Bank gegenüber hatten sich mittlerweile ein paar fremde Menschen dazugesellt, nachdem die Freunde sich mehr und mehr im Zelt verteilt hatten. Lena, die einzige Junggesellin unter den Freundinnen, flirtete zwei Tische weiter sichtbar mit einem bubenhaften Typen, der genauso aussah wie der jüngere Ex, von dem sie nie loskam. Anna, Sabine und Sandra tanzten mit Lorena auf der Bank. Torben unterhielt sich im Gang angeregt mit einer vollbusigen Bedienung und hing mit dem Blick in ihrem Ausschnitt. Tom und Roland saßen steif auf der Bank und ließen die Stimmung mehr über sich ergehen, als ein aktiver Part davon zu sein. Und Matthias und Simon standen im Gang und unterhielten sich auf Englisch mit einer süßen

Touristin, die schon etwas wacklig auf den Beinen war. Simon strahlte wie immer diese Souveränität aus, die sie an ihm so faszinierend fand. Er war wach, komplett präsent in der Situation und schien während seines Gesprächs doch alles um ihn herum wahrzunehmen. Als Lorenas Blick ihn streifte, sah er direkt auf und schaute ihr einen Moment lächelnd in die Augen, ohne seine Aufmerksamkeit von der kleinen Brünetten abzuziehen. Lorena lächelte kurz zurück und spürte wieder den Stich der Ablehnung. Sein Korb kratzte immer noch an ihrem Ego, aber es gelang ihr, dem Gefühl keine weitere Bedeutung zu schenken. Wenn sie ehrlich zu sich war, musste sie sich eingestehen, dass diese Abfuhr nur in ihrem Kopf stattfand. War es nicht eigentlich sie selbst, die sich ablehnte? Sie beobachtete sich bei ihren Gedanken und dachte dabei über die Persönlichkeiten in ihrem Freundeskreis nach. Sie waren schon ein lustiger Haufen an extremen Charakteren. Jeder hatte seine Ecken und Kanten, über die sich jedoch keiner lustig machte, man zog sich, wenn überhaupt, mal neckend mit seinen Macken auf. Alle waren sie grundverschieden und trotzdem hatten sie sich gesucht und gefunden. Sie lebten alle das gleiche belanglose Leben. Sie funktionierten alle. Nur wie stabil war das

Konstrukt der Clique, wenn einer sich nicht mehr an die Regeln hielt und mit den gesellschaftlichen Konventionen brach? Eine zu tiefgründige Frage, um jetzt und hier darüber nachzudenken. Lorena griff nach ihrem Radler, um einen Schluck Leichtigkeit zu sich zu nehmen. *Ein Prosit, ein Prosit der Gemütlichkeit* tönte es von der Band und Lorena stieß mit ihren Mädels und den fremden Leuten am Tisch an. Direkt ihr gegenüber stand eine Frau mit funkelnden grünbraunen Augen, Sommersprossen und einem dunkelblonden, locker gebundenen Pferdeschwanz, der sich fast löste. Es gab wenige Frauen, die Lorena auf den ersten Blick attraktiv fand, aber diese Frau in dem schlichten grünen Baumwoll-Dirndl mit den leuchtenden Augen hatte eine faszinierende Ausstrahlung. Sie wirkte total natürlich, war kaum geschminkt und schien gleichzeitig von innen heraus zu leuchten. „Oh Mann, die Kerle hier sind alle so triebgesteuert, man kann nicht mal in Ruhe auf die Toilette gehen, ohne dass man ungefragt irgendwelche Hände an sich kleben hat. Kaum trinken Männer Alkohol, vergessen sie oft den Respekt vor den Frauen. Mein erster Wiesn-Tag und schon reicht es mir wieder. Geht es dir auch so?" Die Blonde lachte sie freundlich an und Lorena empfand sofort Sympathie für sie. Sie sprach ihr aus der Seele. Als

Frau konnten die Anmachen auf dem Oktoberfest schnell ein nicht mehr akzeptables Ausmaß annehmen, wenn man keine Grenzen setzte. Lorena kletterte spontan über den Tisch und stellte sich neben die hübsche Blondine, die sich ihr als Caro vorstellte. Die beiden Frauen hatten sofort Gesprächsthemen und kamen direkt in einen Flow. Sie unterhielten sich über die Wiesn-Bedienungen und Verkäuferinnen, die mehr ihren Körper verkauften als die eigentlichen Wiesn-Souvenirs und schnell wechselte das Gespräch in tiefere Gefilde, als sie sich über Berufe, Berufung und das Thema Selbstverwirklichung austauschten. Caro war eine spannende Frau, die sich Lorena direkt öffnete und sie von der ersten Sekunde in ihren Bann zog. Sie war seit einem Jahr Single und hatte keine Kinder. Nachdem Caro sich jahrelang in einer toxischen Beziehung mit ihrer Jugendliebe verloren hatte, hatte sie sich im letzten Jahr wieder neu gefunden. Sie erzählte Lorena von ihrem Marketingjob, in dem sie sich bis zum Burnout aufgearbeitet hatte. Eine Auszeit mit einer zweihundert Kilometer langen Tour auf dem Jakobsweg und ein Schweigeretreat im Kloster, bei dem sie nur Reis zu essen bekommen und vierzehn Tage mit niemandem außer ihren inneren Stimmen gesprochen hatte, hatten den Wendepunkt in Caros

Leben gebracht. Danach hatte Caro alles auf eine Karte gesetzt. Sie hatte ihren Marketingjob gekündigt, ihre Sicherheit aufgegeben, war in eine kleinere Wohnung gezogen und hatte eine Ausbildung als Kinder- und Jugendcoach in der Mobbingprävention begonnen. Lorena hing an Caros Lippen, die beim Erzählen regelrecht aufblühte, was sie noch mehr strahlen ließ. Insgeheim bewunderte Lorena sie dafür, dass sie den Mut gehabt hatte, komplett die Reset-Taste zu drücken und ihr Leben neu zu starten. Was für eine faszinierende und inspirierende Frau! Je mehr Caro ihr von ihrer Transformation erzählte, umso mehr spürte Lorena eine schmerzhafte Sehnsucht nach einer Veränderung in ihrem eigenen Leben und eine leise Stimme in ihr flüsterte: „Das kannst du auch." Die beiden Frauen verstanden sich so blendend, dass die Zeit im Bierzelt regelrecht verflog. Nicht einmal war Lorena während des Gesprächs mit Caro in Versuchung gekommen, Simons Blick zu suchen. Ihre Aufmerksamkeit galt voll Caro. Nachdem sie ihre zweite Maß fast leer getrunken hatte, tanzte sie ausgelassen Arm in Arm mit Caro auf der Bank. Der Alkohol und die warme, stickige Luft in dem Zelt zeigten bereits Wirkung, dabei war es erst später Nachmittag. „Ohje! Als Mutter verträgt man echt gar nichts mehr!" Lorena kicherte und hielt sich leicht beschwipst an Caro fest. Caro lächelte, stieg von der Bank, reichte ihr die Hand und zwinkerte ihr zu. „Komm runter, hier stehst du besser."Lorena nahm Caros Hand und stieg mit ihr von der Bierbank. Es tat gut, wieder festen Boden unter den Füßen zu spüren, etwas wacklig war sie mittlerweile doch auf den Beinen. Sie schunkelte zu Robbie Williams' *Angels* vor sich hin, als sie auf einmal von hinten von Caro umarmt wurde. Überrascht von dieser unerwarteten Umarmung zuckte Lorena zusammen, ihr Körper spannte sich unwillkürlich an. Diese Umarmung war anders als die, die sie sonst mit ihren Freundinnen austauschte, intimer, und die Berührung ver- ursachte ein angenehmes Kribbeln in ihrem Bauch. Verunsichert spürte Lorena in sich hinein und merkte, dass ihr Puls sich beschleunigte. Was war das denn jetzt? Sie gab sich der Situation hin und ließ die intensive Umarmung zu. Ihr Rücken berührte Caros offenes Dekolleté. Sofort durchzog ein erwartungsvolles Ziehen ihren Schoß. Intuitiv und ohne groß darüber nachzudenken, nahm Lorena Caros Hände, die sie über ihre Hüften um ihren Bauch gelegt hatte, und tanzte eng an sie gedrückt mit ihr. Es war ein schönes Gefühl, Caro so nah zu spüren. Es fühlte sich vertraut an und zugleich ungewohnt. Es war intim und gleichzeitig hielten beide eine gewisse Distanz. Zwischen ihnen war eine Spannung spürbar, die Lorena nicht deuten konnte. Sie entschloss sich, ihre Gefühle nicht zu analysieren, sondern sich einfach dem Augenblick hinzugeben. Sie schloss ihre Augen und ließ sich einen Moment ganz in die Umarmung fallen. Als sie die Augen wieder öffnete, wurde ihre Hingabe an den Moment direkt getestet. Simon stand in ihrem Blickfeld im Gang und unterhielt sich mit drei Frauen. Das war so typisch für ihn. Sie war sich sicher, eine von ihnen würde er heute mit nach Hause nehmen. Wenn nicht sogar alle drei. Sofort meldete sich wieder ihr verletzter Stolz. Besonders attraktiv war keine von ihnen, wieso zog er diese Frauen ihr vor? Lorena spürte, wie sich Caro hinter ihr sanft bewegte und zur Musik tanzte. Ihre Arme hatte sie immer noch um Lorenas Hüften geschlungen. Lorena schaltete vom Verstand aufs Fühlen um und auf einmal war ihr egal, was Simon heute noch mit diesen anderen Frauen veranstalten würde. Es spielte für den Moment keine Rolle mehr. Sie drehte sich um und schaute Caro direkt in die Augen. Caros Augen leuchteten und ihre Sommersprossen unterstrichen ihren frechen, direkten Charakter. Was für eine wunderschöne Frau sie war. Caro lächelte sie mit einem Blick an, den Lorena nicht so recht deuten konnte, legte ihr die Hände um die Hüften und zog sie etwas näher zu sich heran. „Weißt du, dass du eine unglaublich attraktive Frau bist?" Flirtete Caro etwa mit ihr oder bildete sich das Lorena in ihrem alkoholisierten Zustand nur ein? Das Kompliment tat so gut, vor allem, da es mitten aus dem Herzen kam. Es war genau das, was Lorena brauchte. „Danke, das kann ich nur zurückgeben!" Es war die Wahrheit. Caro war bezaubernd und absolut authentisch in ihrer Art. Auf unerklärliche Weise löste sie eine magische Anziehung in Lorena aus. Aus dem Augenwinkel registrierte sie, dass Simon sie beobachtete. Anscheinend hatte der kleine Flirt mit Caro seine Aufmerksamkeit erregt. Caros Ausstrahlung und die Tatsache, dass Simon ihr genau in dem Moment Beachtung schenkte, veranlassten Lorena dazu, die Komfortzone zu verlassen. Sie warf einen prüfenden Blick zu ihrer Clique, um das Risiko der Situation abzuwägen. Anna und David hatten sich vor einer halben Stunde verabschiedet, um den Babysitter abzulösen. Lena knutschte mit dem ihrem Ex so ähnlichen Blonden. Sandra und Sabine waren eben zusammen aufs Klo verschwunden, wie Frauen das so machten. Roland und Tom diskutierten über irgendwas und waren mit Toms Handy beschäftigt.

Und Matthias und Torben warben zwei Tische weiter um die gleiche Brünette. Lorena stand also gerade nicht unter Beobachtung, zumindest nicht unter der Beobachtung von Unbeteiligten. Simon hingegen unterhielt sich zwar nach wie vor mit den drei Frauen, aber trotzdem war seine Präsenz währenddessen bei Caro und ihr, was sie animierte, das Spiel weiter zu treiben. Es reizte sie, ihn zu provozieren und gleichzeitig handelte sie aus einem intuitiven Impuls heraus, als sie Caro an ihrer Dirndlbluse forsch zu sich heranzog und sie zaghaft auf den Mund küsste. Sie hatte schon früher gelegentlich aus einer Flachserei heraus mit Frauen geknutscht, aber dieses Mal fühlte sich der Kuss anders an. Als Caro ihr Gesicht sanft mit ihren beiden Händen festhielt, den Kuss hingebungsvoll erwiderte und ihre Zunge durch Lorenas leicht geöffnete Lippen schob, durchzog sie ein angenehmer Schauer. Es kribbelte in ihrem Bauch, als würden Schmetterlinge tanzen und der Kuss berührte sie auf einer tieferen Ebene. Sie schloss die Augen und ließ sich voll auf den Kuss ein, der deutlich sanfter war, als sie es je mit einem Mann erlebt hatte. Es fühlte sich sagenhaft gut an, endlich mal wieder mit Gefühl und Hingabe geküsst zu werden. So gut, dass sie sich völlig in dem Kuss verlor. Ihre immer noch nackte Yoni reagierte augenblicklich mit einem wohligen Schwall Erregung. Nach kurzer Zeit löste sich Caro von Lorena und ihr war leicht schwindelig. Der Kuss hatte sie unglaublich angemacht. Hatte Lust auf mehr gemacht. Ganz leise vernahm sie in ihrem Kopf die Stimme ihres inneren Moralapostels, aber mittlerweile war diese nur noch ganz dumpf zu hören. Was machte sie denn jetzt schon wieder? Das Wiesn-Radler tat ihr nicht gut. Sie hatte in letzter Zeit so viele Grenzen überschritten und jetzt stand sie auch noch hier und knutschte mit einer Frau. Was war nur mit ihr los? Was für ein Spiel spielte ihr Körper mit ihrem Verstand? Was war das für eine Macht, die immer mehr Besitz von ihr ergriff? Ein Vibrieren an ihrem Oberschenkel riss sie aus ihren Gedanken. Sie griff nach ihrem Smartphone, um sich für einen Moment von der Situation und der in ihr pulsierenden Sehnsucht abzulenken.

S: Wow, heißer Aufriss. Schade, dass du dir die geangelt hast, die wäre sonst voll mein Typ. Aber so wie das aussieht, steht sie auf dich – was mich im Übrigen nicht wundert. Hab Spaß und genieße deine wilde Lust, du Schöne – ich erwarte ein Foto!

Lorena wusste nicht, wie sie auf Simons Nachricht reagieren sollte. Was sollte das denn jetzt wieder? Was wollte er mit seiner Nachricht bezwecken? Auf der einen Seite hielt er sie davon ab, Andi mit ihm zu betrügen, auf der anderen Seite forderte er sie eindeutig auf, ihre Lust mit Caro auszuleben. Als es um ihn ging, hatte er den Moralprediger gespielt und jetzt lud er sie ein, die Grenze des Verbotenen mit einer Frau zu überschreiten. Welch ein ambivalentes Verhalten, das sie nicht ganz nachvollziehen konnte. Machte das denn einen Unterschied? Wäre das nicht genauso fremdgehen? Sie musste zugeben, dass ihr Begehren geweckt war, zumal Caro eine äußerst anziehende Frau war. Abgesehen davon schlummerte die Sehnsucht danach, einmal mit einer Frau zu schlafen, schon lange in ihr, aber bisher hatte sie sich nie getraut, sich diese Wünsche einzugestehen. Aber jetzt konnte sie es nicht mehr verleugnen. Sie sehnte sich danach, die geballte Leidenschaft der Weiblichkeit zu spüren und das Feuer ihres Sakralchakras wieder zu entzünden. Aber konnte sie das mit sich selbst vereinbaren? Würde sie Andi danach noch in die Augen schauen können? Caro stoppte ihre Gedanken, indem sie ihr sanft über die Wange strich, und holte sie in den Moment zurück. „Kommst du noch mit zu mir? Ich wohne nicht weit weg von hier." Caros warmer Atem in ihrem Nacken fühlte sich wie ein Streicheln an. Lorena schloss die Augen und sog den Duft von Caros Parfüm in sich ein und gleichzeitig überkam sie ein wohliger Schauer. Sie war hin- und hergerissen. Auf der einen Seite sehnte sie sich danach, mitzugehen und sich von ihrer Lust überrollen zu lassen, auf der anderen Seite war da ihr Gewissen. Sie war gerade dabei, ihre Ehe aufs Spiel zu setzen. Lorena wollte Andi nicht verletzen, aber trotzdem schrie alles in ihr danach, diese Grenze zu überschreiten und die Chance zu nutzen, die sie so nie wiederbekommen würde. Allein der Kuss mit Caro war schon der Wahnsinn gewesen, Lorena wollte sich nicht ausmalen, was für ein verborgenes Begehren Caro in ihr noch wachküssen konnte. Aber sie war eine vernünftige Mutter und eine anständige Frau. Was machte sie hier? Sie war nicht fähig, eine Entscheidung zu treffen. Caro zog ihre Strickjacke über und streckte Lorena die Hand hin. „Na, komm schon, schöne Frau. Es ist Zeit, im Moment zu leben. Wenn wir nicht jetzt unsere Fantasie ausleben, wann dann?" Das war der Satz, der den Widerstand zum Schmelzen brachte und der Libido das Regime übergab. Caro hatte recht, es wurde Zeit, ihre Bedürfnisse endlich auszuleben und für ihre Sehnsüchte einzustehen. Wenigstens für einen Moment. Wenigstens einmal. Danach konnte sie wieder in ihre gewohnte Rolle zurückkehren, die die Gesellschaft von ihr erwartete. Caro zwickte sie verspielt in die Seite und lachte sie an. Dieses Strahlen! Lorena wollte auch so strahlen und sie wusste, Caro konnte den Funken in ihr entzünden und sie an ihr eigenes Strahlen erinnern. Ihre Entscheidung war gefallen! Sie holte ihre Strickjacke unter dem Biertisch hervor und verabschiedete sich flüchtig von den anderen. Als sie an Simon vorbeiging, konnte sie es sich nicht verkneifen, ihm noch einmal tief in die Augen zu schauen. Er hielt ihrem Blick stand und zwinkerte ihr lächelnd zu und sie spürte, dass er ihr und Caro nachschaute, als sie Hand in Hand das Zelt verließen …

Kapitel 10

Auf dem Weg zu Caros Wohnung blieben Caro und Lorena immer wieder stehen, um sich zu berühren und zu küssen. Lorena war wie elektrisiert. Ihre bewusste Entscheidung dafür, diese Grenze zu überschreiten und sich gegen alle Regeln und Konventionen aufzulehnen, hatte etwas mit ihr gemacht. Obwohl sie betrunken war, war sie bei allen Sinnen. Sie fühlte sich frei, stark und regelrecht beflügelt, als würde das Leben selbst sie für diesen Schritt feiern. Während die Küsse anfangs noch sehr zögerlich waren, wurden sie mit der Zeit immer wilder und leidenschaftlicher. In ihr brodelte pures Verlangen. Wahrhaftige Lilith-Energie. Lorena war ekstatisch aufgeregt und total nervös. Sie hatte zwar schon oft just for fun mit einer Frau geknutscht und es immer genossen, aber noch nie war mehr daraus geworden. Diesmal war völlig klar, wo die Sache enden würde. Und in diesem Bereich hatte Lorena absolut keine Erfahrung. Sie betrat ein neues Ufer und hatte keine Ahnung, wie sie eine Frau befriedigen sollte. Kurz keimten Zweifel in ihr auf. Was war, wenn sie versagen würde? Was war, wenn die Griffe, die sie bei sich selbst anwandte, bei Caro nicht fruchteten? Sie beschloss, ihrer inneren Kritikerin keine Aufmerksamkeit zu schenken und sich stattdessen vom Flow der Intuition führen zu lassen und sich dem Moment voll hinzugeben. Als Caro ihre Wohnungstür aufschloss, klopfte Lorenas Herz bis zum Hals. Vor Aufregung, vor Erregung, vor Freude. In der Wohnung drückte Caro Lorena sanft gegen die Wand und zog ihr die Strickjacke von den Schultern. Caros Augen funkelten noch mehr als im Bierzelt. Ihre Wangen waren leicht gerötet, ihr Pferdeschwanz hatte sich gelockert, einzelne

Strähnen hingen ihr ins Gesicht. Ihre vollen roten Lippen waren leicht geöffnet. Lorena schaute auf Caros Dekolleté und sah, dass Caros Herz so schnell pochte, wie sich ihres anfühlte. Sie war einfach nur wunderschön. Caro umgriff Lorenas Gesicht mit den Händen, öffnete ihren Zopf, strich ihr über die Wangenknochen und fuhr sanft mit ihrer Zungenspitze an Lorenas Lippen entlang, die sich willig öffneten, um Caros Zunge in ihrem Mund zu begrüßen. Ihre Zungen spielten harmonisch miteinander, verbanden sich zu einer perfekten Symbiose der Leidenschaft. Lorena war angespannt und bis zum Bersten erregt. Sie streichelte mit ihren Händen an Caros Kurven entlang, strich ihr zärtlich über ihre Brüste, die sich unglaublich weich und gleichzeitig so fest anfühlten, fuhr ihr über die Taille, über die Hüften und packte sie schließlich an ihrem festen Hintern, um sie noch näher an sich zu ziehen. Caro hatte den perfekten Körper. Sie war die personifizierte Weiblichkeit. Viel zu viel Stoff! Sie wollte Caros nackte, weiche Haut und ihren ganzen Körper spüren. Lorena knöpfte langsam Caros Dirndl auf. Die Küsse wurden fordernder und Lorena fing an, ihre Vagina an Caros Bein zu reiben. Sie konnte ihre Lust nicht mehr zurückhalten. Diese Energie, die von ihrem Schoßraum ausging, war gewaltig.

Sofort fühlte sie sich wie am ganzen Körper elektrisiert. Oh ja, sie war so was von bereit, mit Caro zu schlafen! Sie wollte alles von ihr und ihr gleichzeitig alles von sich schenken. Caros Atem raste genauso wie Lorenas. Lorena spürte Caros Erregung, was ihre eigene Lust noch einmal mehr potenzierte. Caro schob Lorena in ihr Schlafzimmer, riss ihr das Dirndl runter, entledigte sich selber ungestüm ihres Dirndls, drückte Lorena auf das Bett und zog ihr den BH aus. Caro war nur noch mit weißem Slip und weißem Dirndl-BH bekleidet. Sie war so heiß. So unglaublich begehrenswert. „Oh Gott, du hast ja nicht mal einen Slip an. Ich will dich spüren", hauchte Caro und fing an, sich mit ihrer noch im Slip eingepackten Vulva auf Lorenas nackter Vagina zu reiben, während sie Lorena sanft und gleichzeitig leidenschaftlich küsste. Lorena stöhnte lustvoll auf. Allein diese Berührung, diese Stimulation ihrer Klitoris machte sie wahnsinnig. Sie schob Caros Slip nach unten, sie sehnte sich danach, ihren Saft der Lust zu spüren. Caro legte ihre Hände auf Lorenas Brüste und hielt sie einfach nur fest. Ein heißer Strahl sexueller Energie floss von Caros Händen über Lorenas Brüste direkt in ihr Sakralchakra und entzündete dort ein Feuer besinnungsloser Ekstase. Stromwellen der Lust durchströmten ihren kompletten Körper und sie bäumte sich vor Begierde auf. Caro rieb sich mit ihrer nackten Vagina auf Lorenas Venusspalte, was Lorena alle Sinne vernebelte. Der heiße Nektar ihrer Yoni vermischte sich mit Caros glühendem Saft. Caro schenkte ihren Brüsten weiterhin volle Aufmerksamkeit, während sie gleichzeitig ihren Schoß zum Beben brachte. Noch nie war Lorena im Bett so sanft und doch so leidenschaftlich angefasst worden. Es fühlte sich an, als würde sie das erste Mal ganzheitlich in ihrer kompletten Weiblichkeit wahrgenommen werden. Die Berührungen zwischen ihr und Caro fühlten sich atemberaubend an. Lorena griff nach Caros Brüsten und massierte sie durch den BH durch, was Caro ein leises Stöhnen entlockte. Caro presste ihren Körper intensiver auf ihren. Es törnte Lorena unglaublich an, Caros Verlangen mit allen Sinnen wahrzunehmen. Das Gefühl, dass diese Frau gerade das Gleiche empfand wie sie, war unbeschreiblich erregend. Lorena war wie im Rausch und ein zarter Orgasmus nach dem nächsten überrollte sie, während sich gleichzeitig eine gigantische Welle einer noch intensiveren Lust in ihr aufbäumte. Das Blut raste durch ihren Körper in ihren Unterleib und setzte jedes Nervenende ihrer Vulva unter Strom. Sie zog Caro den BH ganz aus und liebkoste mit ihrer Zunge und sanften Küssen ihre Brustknospen, bis sie sich ihr braun und hart entgegenstreckten. Caro bäumte sich ihr stöhnend entgegen. Lorena war nass zwischen den Schenkeln vor Verlangen. Ihr Herz raste wie wahnsinnig. Ihre Erregung nahm ein fast schon galaktisches Ausmaß an, das sie so noch nie erlebt hatte. Sie rieben sich weiter aneinander, streichelten sich überall gegenseitig und drückten ihre prallen Brüste und verschwitzten Körper aufeinander. Das, was sie miteinander teilten, war nichts als pure Verschmelzung. Caro setzte sich rittlings auf Lorenas Schoß, strich kurz und schnell durch Lorenas nasse Spalte und berührte nur für eine Sekunde ihre Perle. Lorena seufzte vor Begehren auf. Allein diese Berührung war bombastisch. Sie verzehrte sich nach mehr. Caro rieb sich weiter mit ihrer feuchten Yoni auf Lorenas Oberschenkel, umgriff mit einer Hand Lorenas Brust und rieb mit der anderen ihren Kitzler. Lorena stöhnte laut auf, sie war schon so wollüstig, dass sie schier durchdrehte. Alles in ihrem Körper stand unter Hochspannung. Jede ihrer Zellen wurde mit sexueller Energie durchströmt. Sie bewunderte Caros pralle Brüste, die vor ihren Augen auf und ab wippten und sah in Caros vor Erregung gerötetes Gesicht und in ihre vor Lust leuchtenden Augen.

„Oh Gott, ist das gut", keuchte Lorena und spürte, wie alles in ihrer Vagina zu zucken anfing. Sie war so weit, sie war kurz davor, komplett die Beherrschung zu verlieren. Sie griff nach Caros Hintern und krallte ihre Hände in die prallen Rundungen der weichen Arschbacken. Caro stöhnte lustvoll auf und drückte sich noch fordernder an Lorena. Gleichzeitig stimulierte sie Lorenas Spalte mit ihren Fingern. Das war der Moment, in dem der völlige Kontrollverlust bei Lorena einsetzte. Darauf hatte ihr Körper gewartet. Lorena bekam kaum mehr Luft und ihr Herz schien vor lauter Ekstase für einen Moment kurz auszusetzen. Sie explodierte in jeder Zelle und verlor komplett die Kontrolle über ihren Körper und ihren Geist. Ihr ganzer Leib bäumte sich auf, jede Faser ihres Körpers tanzte, die Muskeln in ihrer Vagina schienen Pingpong zu spielen und hörten gar nicht mehr auf zu vibrieren. Sie schrie ihre ganze Lust heraus, die sich in den letzten Jahren angestaut hatte, krallte sich in Caros Rücken fest und biss ihr in die Schulter. Sie verlor all ihre Sinne. Der Orgasmus fühlte sich an wie ein kleiner Tod, der Lorena in diesem Moment aber wieder vollends auferstehen ließ. Caro stöhnte ebenfalls laut auf und rieb sich weiter im gleichen Rhythmus auf ihr. Lorena spürte, wie Caros Saft immer mehr wurde und dass auch sie kurz davor war, sich in einem Orgasmus zu verlieren. Doch Lorena wollte ihr noch mehr Ekstase schenken. Sie schob Caro von sich runter, kniete sich vor das Bett und zog sie mit einem Ruck an den Beinen zu sich her. Dann drückte sie Caros Oberschenkel auseinander und streichelte sie hingebungsvoll. Ihre Beine waren so attraktiv, ihre Haut so samtig weich, ihre glatt rasierte Vagina roch nach Weiblichkeit und nach purer Lust. Lorena strich mit den Fingern sanft über Caros feuchte, angeschwollene Klitoris. Caro seufzte laut, spreizte ihre Beine weiter auseinander und hob ihr Becken in Lorenas Richtung. Caros Schamlippen waren leicht geöffnet und auf Empfangen ausgerichtet. Ihre Perle glänzte feucht und einladend. Noch nie hatte Lorena eine Vulva so aus der Nähe gesehen. Caros Lustzentrum sah aus wie eine perfekt geformte Meeresmuschel, sie war einfach nur überwältigend schön in ihrer Erregung und Lorena brannte darauf, sie zu kosten. Sie begann, Caros Innenseiten der Oberschenkel und ihre Spalte zu lecken und zu küssen. Sie streichelte zart mit ihrer Zunge über Caros Kitzler und spürte die Hitze und die sanften Vibrationen, die aus Caros Yoni kamen. Lorena hatte bisher nur ihren eigenen Saft probiert, aber Caros Nektar der Lust schmeckte großartig. Wie ein Joghurt mit einer leichten Zitronennote, aber ebenso mit einer milden Süße. Gierig danach, mehr davon zu kosten, umspielte Lorena mit ihrer Zunge Caros Klit und stimulierte sie in kurzen, schnellen Intervallen. Schließlich saugte sie leicht an ihrer Perle und fing gleichzeitig an, Caro mit den Fingern zu stimulieren, während sie ihren Kopf in Caros Schoß versenkte. Caros Vagina war heiß und feucht. Sie fühlte sich glatt, weich und nass an und die Muskeln schlossen sich fest um Lorenas Finger und zeigten ihr, wie sehr sich Caro nach diesen Berührungen verzehrte. Lorena stimulierte sie weiter und nahm einen zweiten Finger hinzu. Caros Innenmuskeln ihrer Yoni umschlossen sie wellenartig, Lorena spürte, wie sich Caros Vagina mehr und mehr verengte und unkontrolliert zu zucken anfing. Caros Lust so zu spüren und zu erleben, elektrisierte Lorena und törnte sie selber wieder maßlos an. Sie steckte den Finger ihrer anderen Hand in ihre eigene Spalte und berührte sich gleichzeitig selbst, während sie Caro zum Kommen brachte. Caros Finger krallten sich in die Bettdecke, ihr Becken bäumte sich auf und sie fing an, laut zu stöhnen. Lorena spürte, wie intensiv Caro kam und die Ekstase übertrug sich direkt auf ihren Körper. Sie rieb ihre Vulva an Caros Knie und als Caros Muschi das letzte Mal exzessiv zuckte, zogen sich auch ihre Muskeln elektrisiert zusammen und sie kam ein weiteres Mal so intensiv, dass sie fast die Besinnung verlor. Lorena musste sich erst einmal sammeln, um wieder in der Realität zu landen. So einen kompletten Kontrollverlust wie mit Caro hatte sie schon lange nicht mehr erlebt. Der Sex mit ihr war wie eine Trance gewesen. „Wow", flüsterte sie leise und ließ sich neben Caro auf das Bett fallen. „Wow", antwortete Caro und strich ihr durch die zerzausten Locken. „Ich hätte nie gedacht, dass mein erstes Mal mit einer Frau so gut werden würde." Damit hatte Lorena nicht gerechnet. Sie war sich sicher gewesen, dass Caro vor ihr schon mit anderen Frauen geschlafen hatte. Lorena lächelte und gab ihr einen zärtlichen Kuss auf die Schulter. „Hättest du was dagegen, wenn ich noch ein Foto von uns mache und verschicke? Ich hätte da heute noch eine Rechnung zu begleichen …"Caro lachte und Lorena schoss ein Selfie, das so perfekt war, dass sie es direkt weiterschickte. Kein Filter dieser Welt hätte das Foto schöner machen können. Zwei attraktive nackte Frauen in ihrer Lust, Brust an Brust eng aneinandergeschmiegt, die Körper mit einem Glanzfilm aus Schweiß überzogen, die Gesichter strahlten vom Orgasmus geküsst, die Haare waren zerzaust und die Augen

beider Frauen funkelten auf dem Bild um die Wette
…

Kapitel 11

Es war ein perfekter Herbsttag. Das ideale Wetter für eine Hochzeit. Nach einer Woche Dauerregen spielte die Sonne an diesem Samstag mit ihrer Kraft und ließ die Welt in tausend Farben erstrahlen, während ein frischer Wind die bunten Blätter von den Bäumen fegte. Das Wetter spiegelte genau Lorenas Stimmung wider. Der Abend mit Caro hatte bei ihr einen Schalter umgelegt. Sie fühlte sich, als wäre eine verschüttete Energiequelle in ihr wieder freigelegt worden. Sie strahlte, war in ihrer Kraft und spürte auf einmal eine unbekannte Leichtigkeit bei allem, was sie machte. Es war, als hätte sie jahrelang in einer Trance verbracht, aus der Caro sie im wahrsten Sinne des Wortes wachgeküsst hatte. Sie war Andi gegenüber untreu gewesen, aber das erste Mal seit langer Zeit hatte sie das Gefühl, sich selber gegenüber treu gewesen zu sein. Als Lorena nach ihrer Liaison mit Caro vor zwei Wochen nach Hause gekommen war, war sie angespannt gewesen. Sie war so beflügelt gewesen von dem, was sie erlebt hatte, dass sie Angst gehabt hatte, dass Andi ihr ihre Untreue sofort an der

Nasenspitze ansehen würde. Doch Andi war an diesem Abend nach ihr nach Hause gekommen und so betrunken gewesen, dass er Lorenas Strahlen nicht hinterfragt hatte. Am nächsten Tag hatte Lorena sich wieder weitestgehend unter Kontrolle gehabt. Der Alltag mit der Familie hatte sie schnell in die Realität zurückgeholt. Die Tage danach war sie bewusst in ihre alltäglichen To-dos geflüchtet, um sich von ihrer Untreue und ihren kreisenden Gedanken abzulenken. Aber sie merkte, dass sie ruhelos war. Etwas in ihr brodelte und diesmal konnte sie klar sagen, dass es nicht ihre sexuelle Begierde war. Die Hochzeit von Sandra und Tom sollte mit gut vierzig Leuten in einem kleinen bayrischen Vorort in einem rustikalen Hotel stattfinden. Auf dem Weg dahin schaute Lorena aus dem Fenster und hing lächelnd ihren Gedanken nach. Das Hörspiel der Kinder im Hintergrund blendete sie geübt aus, stattdessen träumte sie vor sich hin. Sie träumte von leidenschaftlichem Sex, sie träumte davon, barfuß auf dem Putucusi-Berg zu stehen, und sie sah sich gedanklich am Wasserfall Gocta mit ihrer Kamera Bilder machen und den Zauber der Natur einfangen. Irgendwann würde sie all diese Visionen wahr werden lassen. Und irgendeine Stimme sagte ihr, dass irgendwann ihr nicht früh genug war. Sie hatte ihr Leben schon viel zu lange auf morgen verschoben. Jetzt war alles, was sie hatte. Sie fuhren auf den Parkplatz vor dem Standesamt und Lorena strich beim Aussteigen aus dem VW Touran ihr enganliegendes dunkelblaues Cocktailkleid glatt. Sie hatte ihre Haare beim Friseur locker hochstecken lassen und ein leichtes Tages-Make-up aufgelegt. Lorena hob Luis aus seinem Kindersitz und musste verliebt lächeln. Der kleine Mann mit dem dunklen Lockenkopf sah in dem süßen Kinderanzug zum Anbeißen aus und auch Amelie trug ihr schickes lila Kleidchen wie eine stolze Prinzessin zur Schau. Lorena war froh, dass die Kinder dabei waren und sie sich auf den Family- und Mutter-Modus konzentrieren konnte. Heute würde es keine Eskapaden und keinen Alkohol geben, das hatte sie sich versprochen. Nach ihrem exzessiven Ausflug vor zwei Wochen war es an der Zeit, wieder vernünftig zu werden. Trotzdem hatte sie sich vorgenommen, auch der rebellischen Jugendlichen, die seit dem Seitensprung mit Caro wieder in ihr schlummerte, zukünftig mehr Raum zu geben. Vor dem Standesamt hatten sich die Freunde versammelt, die ihre eleganten Kleider und Anzüge größtenteils schon unter herbstlichen Jacken versteckten. Ein paar andere Kinder waren auch dabei und Amelie lief sofort zu ihrem kleinen siebenjährigen Freund Anton und umarmte ihn stürmisch. Lorena lächelte. Es war schön zu sehen, dass ihre Kinder ihre Gefühle lebten und nichts zurückhielten, im Gegensatz zu den meisten Erwachsenen. Simon stach wie gewohnt aus der Menge hervor. Er war einer der wenigen, der keine dicke Jacke über seinem Anzug trug. Natürlich nicht! Sie biss sich auf die Lippe und verfluchte ihre Gedanken. Er sah in dem perfekt geschnittenen schwarzen Anzug aber auch zu gut aus, sein trainierter Körper zeichnete sich deutlich unter dem dünnen Stoff ab. Lorena spürte sofort wieder ihr Begehren, doch diesmal versuchte sie nicht, diese Gefühle zu unterbinden, sondern erlaubte ihrer Libido zu fühlen, was sie fühlen wollte. Er unterhielt sich mit einer Brünetten, die sie bereits ein paar Mal auf irgendwelchen Geburtstagen gesehen hatte, und hatte ihr die Hand locker auf den Hintern gelegt. Es war ein Bild, das so typisch für ihn war, dass Lorena nur darüber schmunzeln konnte. Simon war sich seiner Wirkung bewusst und spielte mit seinem Sexappeal, ohne dabei irgendeine Rolle vorzutäuschen. Er zeigte sich so, wie er war, wahrhaftig und echt und gerade das machte die Faszination aus, die von ihm ausging. Seine Authentizität war sein Trumpf, mit dem er jede Frau dazu brachte, zu ihm aufs Spielfeld zu kommen. Er war ein Mann, der die Kunst des Spielens beherrschte, ohne zu spielen, aber sie war nur eine Spielfigur. Eine Spielfigur in seinem Spiel und in dem Spiel ihres Lebens. Während er aus seiner Souveränität heraus handelte, reagierte sie aus einer Bedürftigkeit. Sie war diejenige, die nahezu um seine Aufmerksamkeit bettelte und sich damit kleinmachte. Lorena verfluchte sich dafür, dass sie ihm ihr Begehren auf der Wiesn so sehr gezeigt und sich ihm so nackt präsentiert hatte. In dem Moment, als sie das zugegeben hatte, hatte sie ihren Stolz völlig über den Haufen geschmissen. Früher hätte sie so eine Situation niemals zugelassen. Die Lorena, die sie vor ihrer Ehe und den Kindern gewesen war, hatte einen unbändigen Stolz gehabt. Früher hatte sie viel mehr aus einer ungezwungenen Leichtigkeit und ihrer natürlichen Weiblichkeit heraus gehandelt. Es war ihr leichtgefallen, Männer mit ihrem Charme, ihrer Intelligenz und ihrer Erotik einfach spielerisch um den Finger zu wickeln. Ohne Intention dahinter und vor allem, ohne bedürftig zu wirken. Aber Simon gegenüber war sie alles andere als erhaben. Ihre aufgestaute Lust und ihre nicht bedienten Bedürfnisse ließen sie zu einer Bittstellerin werden und damit gab sie ihre Macht an ihn ab. Er war derjenige, der sie in der Hand hatte und das

Regime über ihre Libido führte. Er gab die Spielregeln vor und sie hielt sich daran, so wie es die anderen Frauen auch taten. Er setzte seinen Sexappeal bei jeder Frau ein, ohne es gezielt darauf anzulegen, und bekam trotzdem genau das, was er wollte. Lorena war sich fast sicher, dass er eine große Sammlung an unzüchtigen Fotos und Videos von den verschiedensten „Subs" auf dem Handy hatte. Eine Trophäensammlung, in die sie sich eingereiht hatte, ohne jemals überhaupt etwas mit ihm gehabt zu haben. Und diese Gedanken machten sie wütend. Sie war einen Moment lang so naiv gewesen, zu glauben, dass er etwas Besonderes in dem Spiel mit ihr sah. Lorena konnte über sich selber nur den Kopf schütteln. Im Nachhinein war sie sogar dankbar, dass Simon sie abgewiesen hatte. Sonst hätte sie zum einen nie diesen fantastischen Abend mit Caro gehabt und zum anderen wäre sie nur zu einer weiteren Nummer auf seiner Liste geworden, eine Tatsache, für die sie sich definitiv zu schade war. Sie war mehr als eine Nummer. Sie war Lorena. Es hatte in ihrem Leben keinen Mann gegeben, mit dem sie nur ein einziges Mal geschlafen hatte, aus gutem Sex waren immer gute Affären geworden. Aber bei Simon hatte sie das Gefühl, dass er es nie zu einem zweiten Mal kommen lassen würde, wenn er sie erst einmal im Bett gehabt hatte. Lorena nahm Luis auf den Arm, lächelte Simon flüchtig an und ging an ihm vorbei, ohne seine Reaktion abzuwarten, um ihre Freundinnen zu umarmen. Sie hatte heute keine Lust auf seine Spielchen und da sie ihrem Körper in Bezug auf Simon nicht mehr vertrauen konnte, war es das Beste, ihm heute so gut wie möglich aus dem Weg zu gehen. Zehn Minuten später durften die Gäste im Standesamt Platz nehmen. Der Raum war viel zu klein für alle Anwesenden, die meisten mussten stehen. Lorena überließ Andi den letzten Sitzplatz in der zweiten Reihe, damit er beide Kinder auf den Schoß nehmen konnte, und stellte sich an die Wand in die hintere rechte Ecke vom Raum. Sie gab Amelie mit Handzeichen zu verstehen, dass sie sich nach vorne drehen sollte, als sie auf einmal spürte, wie ihr Puls sich beschleunigte. Sie musste nicht zur Seite schauen, um zu wissen, wer sich genau neben sie gestellt hatte. Ihr Körper reagierte wie ferngesteuert. Verdammt, so viel zu ihrem Vorhaben, Simon aus dem Weg zu gehen! Es war so klar gewesen, dass er es ihr nicht einfach machen würde! Nicht mit ihr kooperieren würde! Sie wusste, dass das wieder pure Provokation von seiner Seite war und sicher nicht die einzige Herausforderung an dem Tag bleiben würde. Mit

Sicherheit würde er den Schwierigkeitsgrad des Spiels wieder erhöhen wollen, um zu testen, wie weit sie noch gehen würde. Aber heute hatte sie nicht vor, sich auf sein Spiel einzulassen. Es lag an ihr, ihre Kraft zurückzuholen und die Partie zu beenden, bevor diese überhaupt anfing. Heute ging es darum, sich wenigstens einen Funken von ihrem Stolz zu bewahren. Außerdem stand die Hochzeit ihrer Freunde auf der Tagesordnung, da waren erotische Gedanken völlig fehl am Platz. Lorena war froh, als Jürgen an seinem mobilen Keyboard *Air* von J. S. Bach zu spielen anfing und das Brautpaar Hand in Hand den Raum betrat. Sandra sah atemberaubend schön aus. Sie trug ein bodenlanges Brautkleid in Empire-Linie mit transparenten 3/4-Ärmeln aus feiner Spitze. Ihre blonden Haare waren gelockt und die vordere Haarpartie war mit einer eleganten Spange locker am Hinterkopf befestigt. Tom sah ebenso schick aus, er trug einen dunkelblauen Anzug mit einer roten Krawatte. Beide strahlten um die Wette und sahen traumhaft glücklich aus. Beim Anblick ihrer Freunde ließ sich Lorena sofort von deren Begeisterung anstecken. Es war schön, die beiden so verliebt zu sehen. Sie liebte Hochzeiten, auch wenn sie selber nicht mehr, und vor allem zurzeit nicht, an die Liebe und die Monogamie bis in alle

Ewigkeit glaubte. In den Momenten der Trauung wurde sie immer furchtbar emotional und gehörte stets zu den Gästen, die zuerst weinten. So war es auch heute. Schon nach wenigen Sätzen des Standesbeamten und ein paar verliebten Blicken des Brautpaares hatte sie bereits einen dicken Kloß im Hals und ein paar Tränchen liefen ihr die Wangen hinunter, die sie schnell wegwischte. Das Letzte, was sie wollte, war Simon nach ihrer frivolen auch noch ihre schwache und verletzliche Seite zu offenbaren. Das würde sie nur noch angreifbarer machen, seine Macht über sie nur mehr steigern. Als der Standesbeamte eine Symbolgeschichte über zwei Kugelmenschen vorlas, berührte Simon sie wie zufällig mit seiner rechten Hand am Oberschenkel. Eine kurze, scheinbar unauffällige Berührung, die sie sofort elektrisierte. Lorena zuckte zusammen, starrte aber weiter nach vorne und vermied jeden Blickkontakt mit Simon. Innerlich verfluchte sie ihren Körper, der keine Anstalten machte, auch nur in irgendeiner Weise mit ihrem Verstand zu kooperieren, sondern sich stattdessen wieder auf Simons Seite stellte. Sie durfte sich nicht anmerken lassen, welche Macht er über ihr Begehren hatte. Gleichzeitig genoss sie es, dieses Brennen in sich zu spüren. Sie versuchte bewusst, ruhig zu atmen, um trotz Simons Nähe entspannt zu bleiben, aber es gelang ihr nicht. Ihr Herz klopfte, ihre Vagina zog, ihre Libido mobilisierte all ihre Kräfte. Es wunderte sie nicht, als Simon unauffällig etwas näher an sie heranrückte, so dass sich ihre Körper seitlich berührten. Er wusste ganz genau, was er da tat! Er setzte diesen Körperkontakt sehr gezielt ein. Sie wurde von seiner Nähe gefesselt und in den nächsten Minuten konnte sie dieser Situation nicht einmal entkommen. Sofort atmete sie flacher und schneller, ihre Yoni zog sich zusammen, ihr ganzer Körper reagierte mit Erregung. Ihre romantischen Gedanken gerieten ins Straucheln, ihre erotischen Fantasien drängten darauf, gesehen zu werden. Sie spürte klar, wie ihre Begierde versuchte, das Ruder zu übernehmen und musste sich konzentrieren, der Rede des Standesbeamten noch zu folgen. Jürgen stimmte *Everything I do* von Bryan Adams auf dem Keyboard an und Lorena war einen kurzen Moment tatsächlich versucht, sich wieder auf das Spiel einzulassen und nach Simons Hand zu greifen. Doch ihr Stolz war stärker. Nach einem kurzen Zögern zog sie ihre Hand zurück und verschränkte stattdessen demonstrativ abwehrend die Hände vor ihrer Brust. Sie war keine von seinen Spielfiguren. Sie war Lorena. Noch einmal würde sie ihren Stolz nicht verleugnen. Jetzt galt es, in ihrer weiblichen Stärke zu bleiben. Sie schaute weiter scheinbar konzentriert nach vorne und bewunderte Sandras Strahlen. Als der Standesbeamte zu einer zweiten Symbolgeschichte über eine Bettlerin und eine Rose ansetzte, strich ihr Simon ganz langsam mit den Fingerspitzen seiner rechten Hand von unten über ihren Oberschenkel hin zu ihrem Hintern und legte die Hand auf der Rundung ihrer Arschbacke ab. Lorena zog unmerklich die Luft ein. In ihrem Schoß wurde es warm, die Erregung stieg mit voller Kraft in ihr hoch. Dieser verdammte Kerl! Sie verfluchte ihn und doch musste sie sich gleichzeitig eingestehen, dass sie die Berührung unglaublich genoss, sich nach mehr davon verzehrte. Von ihrer Libido gesteuert, streckte sie ihm ihren Po ein bisschen mehr entgegen, so dass der Druck seiner Hand auf ihrem Hintern noch stärker wurde. Verdammt! Was machte sie da? Warum ließ sie seine Berührungen zu, anstatt sich einfach einen Schritt nach vorne zu bewegen? Seine Hand brannte regelrecht auf ihrer Haut, auch wenn schon wieder viel zu viel Stoff dazwischen war. Sie sehnte sich danach, dass er ihren nackten Hintern berührte. Ihre nackte Haut berührte. Sie berührte. Sie festhielt. Es hatte etwas unglaublich Aufregendes, dass er sie hier vor der gesamten Hochzeitsgesellschaft heimlich, aber sehr eindeutig anfasste. Jeder Hochzeitsgast war so konzentriert auf die emotionale Trauung, dass niemand sonst ihr konspiratives Spiel bemerkte. Und genau das Verbotene machte die Situation noch aufregender. Das war der Kick, der das Adrenalin durch ihren Körper rauschen ließ. Einen Moment war Lorena versucht, mit ihrer linken Hand provokativ an seinen Schritt zu greifen, doch dann besann sie sich wieder. Nein! Sie durfte ihm nicht noch ein weiteres Mal zeigen, wie sehr sie ihn begehrte. Sie schloss die Augen, um sich wieder zu sammeln, und trat geflissentlich einen kleinen Schritt nach vorne. Weg von seiner Hand. Weg von seiner gefährlichen Nähe. In der gleichen Sekunde sehnte sie sich bereits wieder nach seiner Berührung. Simon trat einen Schritt nach rechts und stand nun ganz nah bei ihr, fast schräg hinter ihr. Ihre Gegenwehr schien ihn anzuspornen, das Spiel erst recht auf die Spitze zu treiben. Sie fühlte seinen warmen Atem in ihrem Nacken und war sofort in Versuchung, wieder einen Schritt nach hinten zu treten, um seinen Körper an ihrem zu spüren. Sie war wahnsinnig vor Verlangen nach diesem Kerl und gleichzeitig wütend auf ihn, weil er ihren Stolz so zunichtemachte. Sie biss sich auf die Lippe und war fast erleichtert, als der Standesbeamte zur Traufrage ansetzte und sie einen Grund hatte, sich wieder mehr auf das Geschehen zu konzentrieren. Mit der Konzentration war es allerdings sofort wieder vorbei, als Simon mit dem Zeigefinger seiner rechten Hand ganz langsam von unten nach oben an ihrer Wirbelsäule entlangstrich, oben angekommen den Reißverschluss ihres Cocktailkleides öffnete und diesen in Slow Motion bis zum Anschlag nach unten zog. Er hatte seine Schultern so gedreht, dass er für Außenstehende ihre Rückansicht verdeckte. Keiner bekam also mit, was er da mit ihr anstellte. Dass er sie hier während der Trauung einfach entblößte. Lorena fühlte sich wie unter Strom gesetzt. Sie bekam am ganzen Körper Gänsehaut und wusste, dass sie Simon damit ihre Erregung verriet. Sie wollte diesen Mann so sehr, wie sie noch keinen anderen zuvor je gewollt hatte. Sie sehnte sich so sehr danach, ihre Lust zu leben. Ihre Hormone paarten sich in ihrem Blut mit ihrem Adrenalin und rasten durch ihren Blutkreislauf hin zu ihrer Vagina, die zum Bersten erregt war. Sie versuchte, sich bewusst auf ihren Atem zu konzentrieren und richtete den Blick nach vorne auf die Jesusfigur, die am Kreuz hing. Es kam ihr vor, als würde Jesus lächeln. Als Simon auch noch den Verschluss ihres BHs öffnete, fing sie leicht an zu zittern und musste sich zusammenreißen, um vor Lust nicht laut aufzuseufzen. Was dieser Typ mit einer einzigen Berührung bereits in ihr auslöste, war unfassbar. Sie wollte sich nicht vorstellen, wie es erst wäre, wenn sie ihm je ihren ganzen Körper schenken würde. So weit durfte sie es nie kommen lassen, auch wenn sie sich eingestehen musste, dass sie längst nichts anderes mehr wollte, als mit ihm zu schlafen. Simon legte seine Hand sanft auf der Rundung ihres Hinterns ab und berührte mit dem Daumen ihre Arschritze. Lorena schloss die Augen und konzentrierte sich nur auf das Rauschen in ihrem Blut und auf das Pochen ihrer erregten Muschel. Seine Berührungen auf ihrer Haut fühlten sich so unglaublich gut an. Sie wollte so viel mehr davon. Für einen Moment vergaß sie fast, wo sie war. Sie sehnte sich danach, dass Simons Hand noch tiefer wandern würde, er sie weiter anfassen würde, aber den Gefallen tat er ihr nicht. Natürlich nicht! Stattdessen zog er ihr langsam den Reißverschluss zu, ohne ihren BH vorher wieder zu schließen, und trat unmerklich einen Schritt von ihr weg. Lorena machte die Augen wieder auf, als Jürgen *The Rose* von Bette Midler anstimmte und stellte fest, dass sie tatsächlich das Ja-Wort von Sandra und Tom verpasst hatte.

Kapitel 12

Als die Gäste das Standesamt verließen, drehte sich Simon um und ging ebenfalls raus, ohne sie nur eines Blickes zu würdigen. Er ließ sie einfach vollkommen erregt und mit offenem BH unter ihrem Kleid stehen, was Lorena zur Weißglut brachte. Wieder einmal hatte er ihr seine Macht über sie demonstriert und wieder einmal hatte sie ihn nicht in seine Schranken gewiesen, sondern alles nur zugelassen. Nicht nur zugelassen, sie hatte sich seinen Berührungen hingegeben. Er hatte so eine Kontrolle über ihre gesamten physiologischen Funktionen, dass er schier alles mit ihr machen konnte. In Lorena brodelte es. Sie war erregt und erzürnt gleichzeitig, konnte aber nicht klar differenzieren, ob sie auf sich selber wütend war, weil sie es immer wieder zuließ, oder auf ihn, weil er mit ihrer Bedürftigkeit spielte. Bevor sie sich darüber klarwerden konnte, verschwand sie auf der Toilette, um ihren BH wieder zu schließen. Ihr Spiegelbild funkelte sie mit geröteten Wangen an. Da war sie wieder, die leidenschaftliche Rebellin, die ihr System ganz schön auf den Kopf stellte. Klar liebte sie das Spiel mit Simon, weil es einfach zu gut war, weil es so verdammt aufregend und spannend war, aber sie war sich gleichzeitig sicher, dass sie dieses Spiel nur verlieren konnte. Sie hatte sich auf den größten Player eingelassen, den sie kannte, und glaubte tatsächlich, auf dem gleichen Level zu sein wie er. Lorena schaute ihr frech grinsendes Spiegelbild kopfschüttelnd an. Dabei lief das Spiel ganz klar nur nach seinen Regeln, sie kam nie dazu, selber einen Zug zu machen. Jedes Mal wenn sie meinte, diese Runde würde an sie gehen, griff er sie mit einem strategischen Schachzug wieder von hinten an, indem er ihre erotischen Schwächen zu seinem Vorteil ausnutzte, um sie danach mit einer sehnsüchtigen Yoni stehen zu lassen. Lorena strich sich eine Haarsträhne aus dem Gesicht, betrachtete die wunderschöne Frau im Spiegel und lächelte. Er wollte spielen? Dann wurde es Zeit, die Regeln zu ändern und ihrer Intuition die Führung in dem Spiel zu übergeben. Nachdem sie dem Brautpaar gratuliert hatte, setzte sie sich zu ihrer Freundin Anna und den Kindern in die Kinderecke und knetete mit ihnen lustige Figuren. Die Freude und das Lachen der Kinder brachten sie wieder auf andere Gedanken. Auf unschuldige Gedanken. Die Kinder halfen ihr, einfach nur im Moment zu sein. Amelie kam zu ihr auf den Schoß und umarmte sie. „Weißt du, Mami, Sandra war so eine schöne Braut. Willst du den Papa nicht auch noch mal heiraten, damit ich Blumenmädchen sein kann?" Lorena strich ihrer

Tochter liebevoll eine Haarsträhne aus dem Gesicht. „Nein, kleine Maus. Wir sind doch schon verheiratet." „Gut Mama, dann muss ich eben Anton heiraten." Amelie gab ihr einen spontanen Kuss und Lorena knetete lächelnd für Amelie und Luis zwei Herzen, während sie über ihre eigene Hochzeit nachdachte. Als sie Andi geheiratet hatte, war sie glücklich gewesen. Glücklich, dass die Hochzeit ihr die Sicherheit gab, das Familienleben führen zu können, das sie sich immer vorgestellt hatte. Zu dem Zeitpunkt war sie so müde gewesen. Müde davon, eine Rolle spielen zu müssen, um Männern zu gefallen, müde von aufreibenden Beziehungen und Komm mit-Lauf weg-Spielchen, müde vom Kämpfen. Sie hatte sich einfach nach einer soliden, bodenständigen Beziehung gesehnt. Sie hatte sich diese Hochzeit gewünscht, weil sie die perfekte Familie haben wollte. Sie hatte die Hochzeit bis ins kleinste Detail geplant und der Tag war perfekt gewesen. Alles war perfekt gewesen, bis auf die Tatsache, dass sie am Tag der Eheschließung selbst gezweifelt hatte. An diesem Tag war eine innere Stimme in ihr gewesen, die leise Nein geflüstert hatte, aber Lorena hatte diese Stimme ignoriert und Andi das Ja-Wort gegeben. Daraufhin war die Stimme in ihr verstummt und Lorena hatte sich mehr und mehr in ihre Rolle als

Ehefrau und Mutter eingefunden und sich selber hinten angestellt. Alle Träume und Visionen, die sie zu Beginn der Ehe noch gehabt hatte, wurden auf später verschoben und waren über die Jahre irgendwo in den hintersten Schubladen ihres Bewusstseins verstaubt. Vor den Kindern hatte sie davon geträumt, sich als Fotografin selbstständig zu machen, aber die zuletzt gemachten Bilder waren Smartphone-Fotos ihrer Kinder. Den Spanischkurs, für den sie sich hinsichtlich ihrer Südamerika-Pläne mal angemeldet hatte, hatte sie nie besucht, stattdessen hatte sie ihre Abende meist mit Andi vor dem Fernseher verbracht. Der Alltag und seine Lethargie hatten ihren Tribut gezollt und sie hatte mehr und mehr ihre Leidenschaft verloren, die sie eigentlich ausmachte. Lorena hatte schon länger das Gefühl gehabt, dass ihr in ihrer Ehe irgendwas fehlte, aber erst Simon hatte ihr gezeigt, was genau das war. Sie vermisste sich selber. Sie vermisste ihr Feuer. Und in diesem Moment, in dem sie mit ihren Kindern in der Kinderecke saß, gestand sie sich diese Tatsache zum ersten Mal bewusst ein und wurde mit einem Schlag in die Wahrheit katapultiert, vor der sie sich so lange verschlossen hatte. Sie lebte, wie die meisten im Freundeskreis, ein Leben im Mittelmaß, anstatt das großartige Leben zu leben, das sie sich immer für sich ausgemalt hatte. „Schau mal, Mama, Luis hat einen Astronauten gebaut, wenn er groß ist, wird er mal zum Mond fliegen. Das ist ganz sicher." Das laute Lachen und das selbstsichere Auftreten ihrer Kinder holten Lorena zurück aus ihren Gedanken und sie war sofort wieder im Moment. Amelie und Luis hatten so recht. Träume waren das, was das Leben ausmachte und dafür war man nie zu alt. Es war Zeit, ihre Träume aus der Schublade zu holen und den Dialog zu ihrer inneren Stimme wieder aufzunehmen. Lorena lächelte und knetete einen Berg mit einer kleinen Figur. Der Putucusi-Berg, der sogenannte *Happy Mountain*, war eigentlich doch nicht so weit weg, wie sie immer gedacht hatte.

Als Lorena wenig später mit Anna im Gespräch war, die sich bei ihr über die Insolvenz ihres Bauunternehmers beschwerte, spürte sie, wie ihr Handy in ihrer Handtasche vibrierte, und musste insgeheim grinsen. Sie musste nicht auf ihr Smartphone schauen, um zu wissen, dass die Nachricht von Simon kam. Er war so vorhersehbar. Doch war sie genau das für ihn bisher nicht auch gewesen? Vorhersehbar. Dabei war Vorhersehbarkeit eigentlich verdammt öde. Es wurde Zeit, das Spiel auf ein neues Level zu bringen, das er noch nicht kannte. Natürlich war Lorena versucht, die Nachricht zu lesen. Es brannte ihr unter den Nägeln, zu wissen, was er sich diesmal hatte einfallen lassen, aber heute legte er sich mit der falschen Lorena an, mit der Lorena, die seit langem mal wieder mit sich selbst im Reinen war. Diesmal würde sie die Nachricht nicht lesen, ihm nicht die Genugtuung geben, dass er sofort zwei blaue Häkchen im Chat-Fenster sah. Sie hatte zu lange das Spiel nach seinen Regeln gespielt, aber jetzt lag es an ihr, das Regelwerk zu ändern. Lorena wechselte ihre Position und verließ die Komfort-zone, in der sie es sich an dem Kindertisch bequem gemacht hatte. Statt gebückt über dem Tisch zu lehnen, setzte sie sich aufrecht hin, zog die Schultern nach hinten, streckte ihre Brust raus und atmete tief ein. Sie hatte zwar keine Ahnung, ob Simon sie beobachtete, aber das spielte für sie in dem Moment auch gar keine Rolle. Gerade ging es nicht um ihn. Es war Zeit für Lorena, sich wieder aufzurichten.

„Ladys and Gentlemen, wir werden jetzt die Torte anschneiden, wenn ihr bitte alle nach vorne kommen würdet." Tom stand stolz mit einem riesigen Tortenmesser in der Hand vor dem Kuchenbuffet, auf dem sich neben einer klassischen

Hochzeitstorte, schlicht überzogen mit grünem Fondant und dekoriert mit filigranen Blumenranken aus Zucker, auch noch eine sahnige Himbeertorte befand. Sandra an seiner Seite schaute Tom angriffslustig an, man konnte sehen, dass sie nicht vorhatte, ihm das Messer zu überlassen. Lorena nahm Amelie an die Hand, Luis auf den Arm und drängte sich bewusst eng an Simon vorbei in die erste Reihe. So eng, dass ihre Brüste einen kurzen Augenblick seinen Arm streiften. Als sie vor dem Kuchenbuffet stand, warf sie einen Blick über ihre Schulter und lächelte Simon keck an. Als sie sah, dass er ein Grinsen nicht unterdrücken konnte, drehte sie den Kopf wieder nach vorne, wohl wissend, dass sie die Regeln des Spiels gerade subtil geändert hatte. Diesmal war es ihre bewusste Entscheidung, dass sie das Spiel fortführen wollte. Und zwar mit allen Konsequenzen! Bisher hatte sie es ihm zu leicht gemacht, ihm zu sehr gezeigt, wie sehr sie ihn begehrte. Jede Handlung in Bezug auf Simon war bisher aus einer Bedürftigkeit heraus entstanden, die darauf gründete, dass sie ihre eigenen Bedürfnisse zu lange missachtet hatte. Aber sie allein hatte es in der Hand, diese zukünftig zu befriedigen. Mit dem Kuchen in der Hand setzte sie sich neben Andi an den Tisch, an dem auch Simon und ein paar weitere Freunde saßen. Die Kinder hatten einen eigenen Kindertisch. Simon schaute mit einem fordernden Blick zu ihr herüber und ihr war klar, dass er sie daran erinnern wollte, dass sie seine Nachricht noch nicht gelesen hatte. Kaum merklich schüttelte sie den Kopf, während sie ihn kokett anlächelte. Simon zog einen Moment die Augenbrauen hoch, als wollte er ihr sagen „Na warte" und Lorena freute sich schon fast darauf, zu erfahren, auf welche Art er sie diesmal herausfordern würde. Trotzdem nahm sie sich vor, dass diesmal sie die Regeln vorgeben würde. Der Kuchen war eine Wucht und Lorena aß ihn bewusst mit allen Sinnen. Jeden Löffel der Sahnefüllung ließ sie genüsslich auf ihrer Zunge zergehen. Gleichzeitig beobachtete sie Simon, der sich ihrer spielerischen Hingabe nicht entziehen konnte. Immer wieder suchte er ihren Blick und sein Flirt wurde intensiver. Lorena genoss seine Aufmerksamkeit, viel mehr noch genoss sie aber, dass sie nicht das Gefühl hatte, diese gerade zu brauchen. Sie handelte nicht aus einer Bedürftigkeit heraus, sondern aus einem inneren Selbstbewusstsein, das sie lange nicht gespürt hatte. Auf einmal schaute Simon sie mit einem Blick an, den sie nicht deuten konnte. Seine blauen Augen funkelten gefährlich und er grinste sie mit diesem Feuer in den Augen an, mit dem er sie schon so oft um den Verstand gebracht hatte. Der Blick reichte und schon sendete ihr ihre Libido eindeutige Signale des Verlangens. Es war genau dieser Blick, bei dem sie immer wieder schwach wurde. „Ich hab mal eine Frage an die Frauen in der Runde. Was ist für euch Leidenschaft? Und lebt ihr diese wahrhaftig in euren Beziehungen? Gebt ihr euch sexuell in jeder Begegnung wirklich hin oder haltet ihr eure Lust zurück?" Lorena war augenblicklich angespannt, sie spürte, dass diese Provokation ihr galt, ließ sich aber nicht aus der Ruhe bringen. Simon legte sein Smartphone auf den Tisch und zeigte der Runde … das Bild von ihr und Caro, welches sie ihm nach dem Wiesn-Sex geschickt hatte. „Das Bild verkörpert für mich pure Hingabe an die weibliche Lust." Lorena blieb der Kuchen im Hals stecken und die Kuchengabel in ihrer Hand fing zu zittern an. Das war doch nicht sein Ernst! Hatte er es wirklich nötig, zu solchen Mitteln zu greifen? Sie sah das Bild zwar nur von weitem, aber ihr war sofort klar, dass er es bearbeitet hatte. Über die Gesichter und die Intimzonen von Caro und ihr waren schwarze Balken gelegt, ihre sehr offensichtliche Kaiserschnittnarbe war wegretuschiert, ihre Haarfarbe war ins Dunkelbraune geändert worden und sie hatte das Gefühl, dass ihre Brüste etwas kleiner waren als normal. Aber ansonsten konnte sie ihren vom Sex nass geschwitzten, eng aneinandergeschmiegten Körper sehr gut auf dem Bild erkennen. Lorena hielt den Atem an und spürte, wie das Adrenalin in ihren Adern in Wallung geriet. Das war eine Grenzüberschreitung, die er nicht hätte bringen dürfen. Er benutzte hier die Geschichte, die sie mit Caro erlebt hatte, die für sie so ein heiliges Geschenk gewesen war und die sie in die Lebendigkeit zurückgebracht hatte, für seine Spielchen. „Ihr versteht natürlich, dass ich euch als Gentleman zum Schutze der beteiligten Personen das Bild nicht gänzlich unbearbeitet zeigen kann, aber ich denke, ihr bekommt einen guten Eindruck davon, warum das für mich pure Hingabe ist. Schaut euch allein die ineinander verschlungenen Körper an, den Schweißfilm auf der Haut und das Leuchten, das von beiden Frauen ausgeht. Was sind für euch Momente, in denen ihr euch komplett eurer Lust hingeben und den Kopf ausschalten könnt?" Die Reaktionen auf das Foto waren unterschiedlich. Die Männer schauten sich das Bild zwar intensiver an, reagierten aber eher passiv, während die Frauen in die Diskussion einstiegen. Torben pfiff anerkennend. Andi warf nur einen flüchtigen Blick auf das Bild und ging nicht näher darauf ein. Konnte das wirklich sein, dass er sie nicht erkannte? Lena schien peinlich berührt zu sein und reagierte, als hätte er direkt einen Triggerpunkt getroffen. „Mann Simon, werd endlich erwachsen, es geht um so viel mehr im Leben als nur um Sex." Anna rollte mit den Augen und ihr Tonfall war etwas aggressiv. „Sorry Simon, die Frage zeigt klar, dass du keine Ahnung vom wahren Leben hast. Im Alltag mit Kindern bleibt keine Zeit für Leidenschaft." Sandra lächelte ihren Tom verliebt an. „Das funktioniert nur, wenn ich tief liebe. Tom ist der erste Mann, bei dem ich mich komplett fallen lassen kann." Sabine nahm das Smartphone in die Hand und schaute es sich genauer an: „Mit einer Frau zusammen würde ich bestimmt nicht in meine Lust kommen, dafür braucht es schon einen heißen Mann, der mich so richtig horny macht." Immer noch etwas geschockt von Simons gewagtem Spielzug, nahm Lorena die Reaktionen ihrer Freundinnen wahr und stellte erschüttert fest, dass scheinbar keine von ihnen die Verantwortung für ihre eigene Lust übernahm. Genauso wie sie selbst auch die Leidenschaft in den letzten Jahren aus ihrem Leben verbannt hatte, woran Simon sie mit der Aktion mal wieder erinnerte. Er triggerte ihren Schmerzpunkt, so dass sie gar nicht anders konnte, als sich mit dem Thema auseinanderzusetzen und sich ihrer eigenen Sinnlichkeit wieder anzunähern. Obwohl sie ihm dafür insgeheim dankbar war, hatte er sich mit dieser Aktion definitiv einen Schritt zu weit in ihre Intimzone gewagt. Er hatte kein Recht, ihre Begegnung mit Caro als Trumpf gegen sie auszuspielen. An diesem Akt der Leidenschaft und diesen atemberaubenden Orgasmen war er schließlich nicht beteiligt gewesen. Währenddessen hatte sie nicht einen einzigen Gedanken an ihn verschwendet. Demonstrativ stand sie auf, um sein Machtspielchen zu unterbinden, musste sich aber gleichzeitig eingestehen, dass es sie anmachte, dass er den Dom raushängen ließ, der ihren Ungehorsam bestrafen wollte. Sie hatte bisher nicht auf seine aktuelle Nachricht reagiert und das ließ er sie spüren. Und genau mit diesem Machtspielchen löste er mal wieder eine enorme Hormonreaktion in ihr aus, die ihr System komplett aufheizte. Trotzdem hatte er eine Grenze überschritten und jetzt galt es, ihm die Schranken zu weisen. „Leidenschaftlich zu leben, ist eine bewusste Entscheidung, lieber Simon, die nichts mit sexueller Begierde oder einer Person im Außen zu tun hat. Leidenschaft ist für mich eine intrinsische Motivation und eine enorme Energiequelle. Es bedeutet für mich, etwas mit dem Herzen zu tun oder für etwas oder jemanden zu brennen, am besten für sich selber." Erstaunt über ihre impulsive Reaktion hielt sie inne und schaute Simon direkt in die Augen, der nur lächelte, als hätte er genau auf diese Antwort gewartet. Lorena atmete tief ein und drehte sich um, weil ihr bewusst war, dass es wieder einmal Simon war, der diese Runde gewonnen hatte. Gleichzeitig fühlte es sich so an, als würde er ihr genau damit zu ihrem persönlichen Sieg verhelfen. Dieses Spiel war auf jeden Fall das beste, das sie je in ihrem Leben gespielt hatte, sie musste nur aufpassen, nicht zu einer seiner Spielfiguren, sondern zu einer ebenbürtigen Gegnerin zu werden.

Kapitel 13

Den weiteren Nachmittag ging Lorena Simon bewusst aus dem Weg. Sie war hin- und hergerissen zwischen ihrem Stolz und ihrer Begierde. Auf der einen Seite wollte sie ihm zeigen, dass er nicht alles mit ihr machen konnte, auf der anderen Seite brannte sie darauf, wieder voll in das Spiel einzusteigen, damit er alles mit ihr machen konnte. Als ihr Handy kurz nach dem Vorfall am Tisch ein zweites Mal vibrierte, ertappte Lorena sich dabei, wie sie in der Handtasche sofort danach griff. Sie war neugierig auf seine Nachrichten und wollte unbedingt die nächste Aufgabenstellung erfahren, aber gleichzeitig erinnerte ihr Selbstwertgefühl sie daran, dass sie ihren Stolz nur bewahren konnte, wenn sie dieses Mal nicht auf ihn reagierte. Ihr war bewusst, dass sie seine Forderung erfüllen würde, wenn sie diese erst einmal gelesen hatte, egal um welche Challenge es sich dabei handelte. Seine Aufgaben und der Reiz des Verbotenen brachten sie in einen Rausch, der sie mit ihrer puren Lebendigkeit konfrontierte. Es war schier unmöglich für sie, sich seiner Anziehung zu entziehen und seine Nachrichten zu ignorieren, aber dennoch wollte Lorena es auf keinen Fall zulassen, ihm weiterhin die Regie in dem Spiel zu überlassen. Und vor allem wollte sie kein weiteres Mal von ihm abgewiesen werden. Insgeheim musste Lorena sich eingestehen, dass es ihr gefiel, seinen cleveren Machtspielchen unterlegen zu sein, da diese sie immer mehr zu sich selbst brachten. Die Rebellin in ihr mochte diese neue Rolle als seine Sub, aber sie hatte auch ihre Bedürfnisse und war sich ihres Wertes bewusst. Und war es nicht eigentlich die Aufgabe eines verantwortungsvollen Doms, die Bedürfnisse seiner Sub im Auge zu behalten? Ging es nicht darum, auch mal eine Belohnung für erledigte Aufgaben zu erhalten? Sie hatte sich auf all seine erotischen Forderungen eingelassen und jede davon erfüllt. Sie hatte sich ihm wiederholt in ihrer sinnlichen Lust präsentiert, aber Simon stieg nicht darauf ein und das triggerte ihr Ego immens und reizte ihre Libido, die endlich gestreichelt werden wollte.

Kurz bevor das Abendessen auf der Tagesordnung stand, wurden Luis und Amelie von Lorenas Eltern abgeholt und Lorena genehmigte sich das erste Mal an dem Tag ein Glas Sekt, wohl wissend, dass es keine gute Idee war, Alkohol zu trinken, solange sie mit Simon in einem Raum war. Zum Essen wurden sie in das sogenannte Herrenzimmer geführt, einen rustikalen kleinen Raum voller Gemütlichkeit. Die Deko war dezent bayrisch gehalten und die Platzkarten waren beschriftete Holzplatten. Lorena überflog die Namen auf den Tischen und seufzte resigniert, als sie ihren Platz fand. Insgeheim hatte sie schon damit gerechnet, dass Andi und sie mit Simon an einem Tisch sitzen würden. Das Universum wollte sie erneut testen. Simon saß ihr direkt gegenüber und neben ihm die hübsche Brünette Marion, die bereits am Vormittag bei Simon gestanden war. Challenge accepted. Jetzt hieß es, erst recht standhaft zu bleiben und den Machtkampf mit ihrer Libido im Geheimen auszufechten. Sie durfte sich vor Simon nicht schon wieder die Blöße geben und ihm ihr Begehren nackt offenbaren. Schon als Simon ihr gegenüber Platz nahm, merkte Lorena, dass das Abendessen eine Herausforderung werden würde, denn ihre Hormone waren augenblicklich nur durch seine Anwesenheit im Sinnestaumel und ihre Yoni angenehm angespannt und in freudiger Erwartung. Das Menü hörte sich großartig an. Schwammerl-suppe mit Brezn-Croûtons zur Vorspeise, gefülltes Perlhuhnbrüstchen auf Rotweinglâce, dazu gegrillte Tomate, Blumenkohl mit Mandeln und Kartoffelgratin zum Hauptgang und Schokoladen-Ingwer-Eisparfait mit Birnenröster zur Nachspeise. Lorena versuchte, ihren Liebeshunger zu über-listen, indem sie sich auf ihre gustatorischen Sinne konzentrierte, doch so richtig wollte das nicht funktionieren. Ihrem Körper gelüstete mal wieder nach etwas ganz anderem. Nach jemand anderem. Nach dem Mann ihr gegenüber. Obwohl ihre Aufmerksamkeit längst schon ihm gehörte, galt es nun, ihm keine Beachtung zu schenken. Nur so hatte sie eine Chance, seine Aufmerksamkeit zu bekommen. Sie unterhielt sich mit Sabine, die ihr von ihrem und Rolands geplanten Urlaub auf einer Luxuskreuzfahrt vorschwärmte, und versuchte, Simons tiefe männliche Stimme auf der anderen

Seite auszublenden, deren Frequenz direkt ihre Libido stimulierte. Simon spielte das Spiel wie gewohnt nach seinen Regeln. Er würdigte sie beim Essen nicht eines Blickes und erzählte stattdessen der Brünetten auf seine bekannt charmante und eloquente Art von seinem neuen freiberuflichen Job als Wirtschaftsingenieur und von der Entwicklung neuer Motormontagesystemabschnitte und Prüfsysteme. Das Thema war an sich nicht interessant, Lorena hatte ehrlich gesagt keine Ahnung, wovon er genau sprach, aber die Art, wie er es erzählte, beeindruckte sie. Dieses Feuer, das er ausstrahlte, während er von seinen Projekten sprach, faszinierte sie. Wie konnte man so für etwas brennen und so eine Leidenschaft in sich tragen? Simon strahlte bei seinen Erzählungen über seinen Job so eine Passion, Intelligenz, Kraft und Integrität aus, dass sie keine Chance hatte, sich seinem Sexappeal zu entziehen. Ihre Yoni war allein durch seine bloße Anwesenheit schon wieder in Habachtstellung und pochte darauf, dass Lorena ihr Aufmerksamkeit schenkte. Obwohl sie es vermied, auch nur einen Blick in seine Richtung zu werfen, spürte sie, dass sie nicht in seinem Relevant Set war. Lorena war sich allerdings nicht sicher, ob sein Ignorantentum ihr gegenüber Teil seines Spiels war und er ihren Ungehorsam damit bestrafen wollte oder ob sein

Interesse wirklich mehr Marion galt, die ihn regelrecht anschmachtete. Lorena musste sich eingestehen, dass ihr diese Konkurrenzsituation überhaupt nicht gefiel. Im Gegenteil, es stachelte ihr Ego fast dazu an, Simon aktiv auf andere Gedanken zu bringen. Einen Moment war sie sogar versucht, ihn unter dem Tisch heimlich mit ihren Pumps zu berühren und ihm am Bein bis hoch zu seinem Schritt entlangzufahren, doch sie besann sich wieder, bevor sie diesem Impuls nachging. Was war denn das schon wieder für eine Bedürftigkeit, die sie da antrieb? Egal wie groß die Verlockung war, ihn zu reizen, solche Aktionen musste sie sich heute untersagen, um nicht noch einmal so eine Abfuhr wie auf der Wiesn zu riskieren. Nach der Hauptspeis verabschiedete Lorena sich bei Andi, um sich frisch zu machen. Im WC des Kellergewölbes ließ sie kaltes Wasser über ihre Handgelenke laufen, um ihre heißen Gedanken etwas abzukühlen. Sie war stolz auf sich, dass sie ihre Würde bisher bewahrt hatte, aber sie wusste nicht, wie lange sie den Kampf gegen ihre Begierde und die in ihr brodelnde Sehnsucht noch gewinnen würde. Als sie das WC verließ, fiel ihr direkt gegenüber ein Vorhang auf, hinter dem sich anscheinend ein Raum befand. Von ihrer Neugierde getrieben, zog sie den Vorhang auf und erstarrte innerlich. Hinter dem Vorhang befand sich eine Wäschekammer mit Handtüchern und Tischdecken, die nahezu danach schrie, darin verbotene Dinge zu tun. Verbotene Dinge mit Simon zu tun. Augenblicklich kribbelte es in ihrem ganzen Körper. Ach verdammt! Sie zog ihr Smartphone aus ihrer Tasche. Seine Nachrichten strahlten sie mit hellem Licht in der dunklen Wäschekammer an und sie gab den innerlichen Widerstand auf.

S: Meine Liebe, ich hatte dir nicht erlaubt, den BH wieder zu schließen. Dabei steckt die geballte weibliche Lust doch in den Brüsten. Trage heute für einen bestimmten Zeitraum auf der Party keinen BH, sondern lass deine Brüste frei tanzen.

Sofort kribbelte es in Lorenas Körper und ihre Brüste bedankten sich mit einem warmen Schauer für die direkte Ansprache. Ja, er hatte recht. Die Brüste waren das Zentrum der sexuellen Energie, die Vulva nur das empfangende Organ, in dem sich die Energie entladen durfte. Sie hatte schon oft die Erfahrung gemacht, dass ihre Orgasmen noch intensiver waren, wenn ihre Brüste zuvor sanfte Liebkosungen erfahren hatten. Wenn sie manchmal abends einfach nur liebevoll ihre Hände auf ihre Oberweite legte und ihre Brustwarzen stimulierte, spürte sie direkt, dass der Sekretfluss in ihrer Yoni aktiviert wurde, ohne dass sie diese überhaupt berührt haben musste. Leider hatte bis zu ihrem Abenteuer mit Caro lange niemand ihren Brüsten die Aufmerksamkeit geschenkt, die sie verdient hatten. Was Simons Aufgabenstellung anging, war Lorena allerdings etwas enttäuscht von seiner Forderung. Sie wollte herausgefordert werden, sie brannte darauf, ihre Komfortzone weiter auszudehnen. Keinen BH unter ihrem Kleid zu tragen, war keine große Challenge für sie, zumal in ihr Kleid ein Brusteinsatz eingenäht war. Die zweite Aufgabe von ihm klang dafür schon viel mehr nach dem Spiellevel, das sich Lorena wünschte.

S: Soso, Lorena, Leidenschaft ist also eine bewusste Entscheidung? Dann triff doch heute mal die Wahl, deine Leidenschaft aktiv zu leben. Sorge selber dafür, dass du heute während der Party einen Orgasmus bekommst. Ich erwarte, dass du diesen Moment für mich dokumentierst.

Lorena atmete tief durch. Simon wusste genau, welche Knöpfe er bei ihr drücken musste, um sie immer mehr aus der Komfortzone zu locken. Er hatte recht, es war ihre Entscheidung, ob sie ihre Erotik ausleben oder weiter zurückhalten wollte.

Und sie kannte die Antwort. Mittlerweile loderte die Glut in ihr so heiß, dass sie keine Angst mehr hatte, sich zu verbrennen. Im Gegenteil. Sie war bereit, sich dem Feuer ganz hinzugeben. Er wollte, dass sie ihre weibliche Lust aktiv lebte? Na, das konnte er haben! Allerdings war es jetzt an der Zeit, sein Spiel zu ihrem Spiel zu machen. Diese Wäschekammer war einfach zu verlockend und der Reiz des Verbotenen in diesem dunklen, geheimen Raum, der doch so leicht entdeckt werden konnte, noch viel größer. Diesen Kick konnte sie sich nicht entgehen lassen. Diese Wäschekammer schrie danach, das Machtverhältnis zwischen den Avataren zu ändern und das Spiel auf ein nächstes Level zu heben. Sie schoss ein Foto von der Wäschekammer, das sie Simon schickte.

L: Treppe runter, öffne den Vorhang!

Mit dem Absenden ihrer Nachricht beschleunigte sich ihr Puls. Jeder Muskel in ihr war in einer erregten Anspannung. Sie atmete tief aus. Showtime! Raus aus der Komfortzone, rein in die Komm-hervor-Zone. Zeit, den Vorhang zu öffnen und auf ihre Bühne zu treten. Sie stellte sich auf die andere Seite der Wäschekammer hinter ein Regal, öffnete langsam ihr Kleid am Rücken, das sie anschließend von oben nach unten an ihrem Körper runterrutschen ließ und mit ihrem Schuh zur Seite kickte. Eine leichte Gänsehaut machte sich auf ihrem Körper breit, als sie nur in BH, Slip und halterlosen Strümpfen bekleidet in dem Raum stand und auf Simon wartete. Was war, wenn er gar nicht kommen würde? Und noch schlimmer, wenn er den Vorhang öffnen und wieder einmal nicht auf sie reagieren würde? Das würde ihr Stolz nicht verkraften. Auf der anderen Seite war er auch nur ein Mann und sie eine verdammt heiße Frau. Eine fast nackte heiße Frau in sexy Lingerie, die sich ihm auf dem Präsentierteller darbot. Sie hatte ihren rosefarbenen BH, der an den weit ausgeschnittenen Cups und den Trägern mit schwarzer Spitze verziert war, und den dazu passenden Slip mit Bedacht ausgewählt, da dieses Set ihre Kurven perfekt zur Geltung brachte. Die schwarzen halterlosen Stay Ups streckten ihre schlanken Beine in den High Heels optisch in die Länge. Lorena wusste, dass sie gut aussah, denn so wie sie dastand, war sie die personifizierte Weiblichkeit. Trotzdem war Lorena nervös. Sie forderte hier nicht irgendeinen Mann heraus, sondern den Mann, der bisher auf keinen ihrer Annäherungsversuche reagiert hatte. Den Mann, für den der Anblick einer heißen, attraktiven und willigen Frau zur

Tagesordnung gehörte. Sie forderte den Mann heraus, der bisher ihre größte Herausforderung war. Sie forderte den Mann heraus, der all ihre gesetzten Grenzen zu Fall bringen konnte, aber jetzt war nicht die Zeit, um über Konsequenzen nachzudenken. Jetzt war es Zeit, einfach nur den Moment zu genießen und auf die Führung der Lilith-Energie zu vertrauen. Der weiblichen Ur-Energie, die dem Herzen folgen und das Wilde leben wollte. Die Sekunden, in denen sie fast nackt, erregt und wartend in der Wäschekammer stand, kamen ihr endlos vor. Sie hörte ihr Herz klopfen, spürte das Heben und Senken ihrer Brust und fühlte einen kalten Zug auf ihrer nackten Haut. Sie war präsent und wach wie eine Löwin, kurz bevor sie ihre Beute anspringt. Und sie war sich gewiss. Gewiss, dass Simon den Vorhang öffnen würde. Als dieser auf einmal tatsächlich aufgeschoben wurde, stockte ihr trotzdem kurz der Atem und ihr Herz fing an zu rasen und dann wurde sie auf einmal ganz ruhig. Simon stand an der Tür und Lorena stellte mit Genugtuung fest, dass diese unerwartete Situation den Mann, den sonst nichts aus der Fassung bringen konnte, deutlich aus dem Konzept gebracht hatte. Ein paar Sekunden stand er einfach nur regungslos da und starrte sie an. Damit hatte er eindeutig nicht gerechnet. Endlich ging mal eine Runde an sie. Sie stellte ein Bein nach vorne, stemmte die Hände in die Hüften und schaute ihn lasziv und fordernd an. Gleichzeitig öffnete sie ihren BH und ließ ihre Brüste frei tanzen. Simons Augen funkelten und signalisierten Lorena, dass sie alles richtig gemacht hatte. Sein Blick war voller Verlangen. Lorena entspannte sich und vertraute voll und ganz auf ihre Weiblichkeit und ihren Sex-Appeal. Er hatte sie aufgefordert, ihre Leidenschaft zu leben, und genau das tat sie. „Fuck, Lorena!", murmelte Simon mit tiefer Stimme, zog den Vorhang zu, ging zielstrebig auf Lorena zu, packte sie an der Hüfte und drückte sie energisch gegen die Wand. Lorena stöhnte lustvoll auf und es durchfuhr sie ein leichtes Zittern. Endlich berührte er sie. Viel zu lange hatte sie sich nach seinen Händen auf ihrem Körper gesehnt. Willig streckte sie ihm ihren Körper entgegen. Sein warmer Atem streifte ihren Mund und sie öffnete sehnsüchtig ihre Lippen, um ihn zu küssen und seine Zunge mit ihrer zu umspielen. Seine Lippen fühlten sich weich an. Er küsste zärtlicher und weniger energisch, als sie es erwartet hatte, aber sie wurde augenblicklich zu Wachs in seinen Armen. Er strich ihr mit den Händen von der Hüfte über die Taille und griff fest nach ihren Brüsten. Lorena stöhnte leise, als er sanft mit ihren Brustwarzen spielte. Sie wollte noch so viel mehr von ihm. Sie wollte alles von ihm. Voller Begierde drückte sie ihre feuchte, im Slip versteckte Yoni eng an seinen Schoß. Als sie spürte, wie seine Erregung in seiner Hose wuchs, schoss ihr ihr Nektar zwischen die Beine und sendete ihr die Signale puren Verlangens. In ihr brodelte es. Sie konnte es nicht erwarten, seinen Schwanz auszupacken. Sie verzehrte sich danach, ihn endlich zu spüren. Ungeduldig öffnete sie seinen Gürtel und den Reißverschluss und griff mit der Hand in seinen Schritt, um seinen erigierten Penis zu umgreifen. In ihren Fantasien hatte sie sich seinen Schwanz schon mehrfach vorgestellt, die Größe seiner Hände hatte schon erahnen lassen, dass Simon ein wahres Geschenk in seiner Hose versteckt hatte, aber die Realität übertraf all ihre Vorstellungen. Simons Speer war einfach nur perfekt. Er hatte die ideale Kombination aus Länge und Dicke und eine volle Eichel, auf der ein verführerischer Lusttropfen glänzte. Der Ständer war prall und hart und die Haut zwischen der Eichel und seinem Schaft bis zum Zerreißen gespannt. Schon allein der Anblick von seinem Schwanz brachte Lorenas Feuer im Schoß zum Brennen, ihr ganzer Körper bebte vor Erregung. Aber jetzt ging es erst mal darum, seine Erregung bis zur Ekstase zu steigern. Jetzt ging es um das Spiel. Um ihr Spiel. Lorena ging in die Knie und nahm den Fersensitz ein, den sie von ihren Yoga-Übungsstunden kannte. Mit ihren Füßen unter ihrem Hintern war ihr Rücken in einer aufrechten Sitzposition, die ihr etwas Erhabenes gab. Simons Schwanz streckte sich ihr entgegen. Lorena hob den Blick und schaute Simon einen Moment lächelnd in die Augen, dann umkreiste sie seine zarte Schwanzspitze sanft mit ihrer Zunge und leckte genüsslich seine ersten salzig schmeckenden Lusttropfen ab. Wie sie es liebte, zwischen männlichen Schenkeln einzutauchen. Sofort sehnte sie sich danach, mehr von seiner Lust zu schmecken und zu spüren. Auch wenn sie darauf brannte, seinen Schwanz ganz in den Mund zu nehmen, ließ sie sich Zeit. Jetzt ging es darum, ihn erst mal wahnsinnig zu machen. Hingebungsvoll umtanzte sie den Schaft mit ihrer Zunge und saugte leicht an seiner Eichel. Mit den Fingern umspielte sie sanft seine prallen Eier und drückte mit dem Zeigefinger an seinen Damm. Währenddessen hielt sie mit Simon konstant Blickkontakt. Er hatte sich an die Wand gelehnt und schaute Lorena erwartungsvoll an. Seine Augen funkelten voller Lust und Lorena hatte das Gefühl, dass sie noch heller geworden waren. Sie feuchtete ihre Lippen mit ihrem Speichel an und ließ ihren

Mund schließlich warm und weich über seinen pochenden Schwanz gleiten. Simon stöhnte lustvoll auf und schloss die Augen, was Lorena noch mehr antörnte. Sie liebte es, wenn ein Mann sich ihr bei einem Blowjob so auslieferte und ihr damit die Macht übergab. Sie liebte das Spiel mit seiner Lust. Sie nahm seinen prallen Schwanz so tief in den Mund, wie es sich für sie gut anfühlte. Ihre Lippen schlossen sich fest um seinen Schaft und glitten sanft saugend und leckend an seinem Penis herauf und herab, bis sie an der Stelle verharrten, an der sie das Frenulum spürte, das sie gekonnt mit ihrer Zungenspitze umtanzte. Das untere Ende seines Schwanzes umgriff sie mit ihrer Faust, um damit eine Verlängerung zu ihrem Mund zu schaffen, und folgte den Bewegungen ihres Mundes synchron mit ihrer Hand. Mit der anderen Hand umspielte sie weiterhin seine Hoden und stimulierte seinen Damm. Sie genoss es, an Simons erigiertem Schwanz zu saugen und seine wachsende Lust zu spüren, was wiederum zu einer Potenzierung ihrer Leidenschaft beitrug. Als Simon ihr mit einer Hand in die Haare griff, ließ sie ihn willig gewähren, sie zu dirigieren, wohl wissend, dass sie mit ihren Zähnen an seinem Schaft viel mehr Macht über ihn hatte als er über sie. Wäre es nach ihr gegangen, hätte er auch noch fester zupacken können, sie stand auf eine gewisse männliche Dominanz. Sie schloss die Augen, widmete sich voller Leidenschaft seinem Schwanz und genoss es, die wachsende Anspannung zu spüren, die von seinen Leisten ausging. Sein Atem ging immer schneller, er hatte sich an die Wand gelehnt, die Augen geschlossen und gab sich ihr voll hin. Seine Hand rutschte von ihrem Kopf in ihren Nacken und er gab ihr den Rhythmus vor, in dem sie saugen sollte. Lorena stöhnte auf, der feste Griff an ihrem Hals törnte sie wahnsinnig an. Sie wusste, er hatte die Macht, ihr jederzeit die Luft zu nehmen und dieser Kick erregte sie noch mehr. Ihr ganzer Schoß war feucht und pulsierte vor Lust. Sie rutschte mit ihrer nassen Vagina auf ihren Fersen herum, um sich selber dabei zu stimulieren. Gleichzeitig fuhr sie mit ihrer Zungenspitze sanft über seine pralle Eichel und weiter herunter bis an die Schwanzwurzel, dann wieder nach oben, wo sie hingebungsvoll die Tropfen seines salzigen Saftes ableckte. Ihre eigene Lust brachte sie immer mehr in die Ekstase und sie lutschte immer fester und schneller an seinem Speer. Simons Begierde war für sie in jeder Faser seines Seins spürbar. Er drückte ihr seinen pulsierenden Schaft tiefer in den Mund und Lorena saugte seine Lust in sich auf. Sie zog ihre Wangen zusammen und erzeugte somit ein

Vakuum, das Simons Schwanz sofort zum Pulsieren brachte. Sein Griff um ihren Hals wurde fester und Lorena spürte, dass auch ihr eigener Orgasmus nicht mehr lange auf sich warten lassen würde. Lorenas Vagina schrie regelrecht nach Aufmerksamkeit. Sie wollte liebkost werden. Wollte von Simons Schwanz ausgefüllt werden. Wollte von harten, kraftvollen Stößen von ihrer Wollust erlöst werden. Wollte von ekstatischen Stromimpulsen zum Orgasmus getrieben werden. Obwohl Simon ihr nicht den Gefallen tat, ihr Zentrum der Lust zu berühren, berührte er Lorena gleichzeitig überall. Jede Faser ihres Körpers war erregt, alle Nervenenden pulsierten und lenkten ihr glühendes Verlangen konzentriert in ihre Yoni und Lorena vergaß in diesem Liebesrausch fast, wo sie war. Doch trotz ihrer hemmungslosen Lust, die sie in diesem Moment endlich ausleben konnte, trotz des sexuellen Taumels, hörte Lorena in ihrem Unterbewusstsein eine leise Stimme, die sie daran erinnerte, dass sie sich selbst ein Versprechen in Bezug auf Simon gegeben hatte. Lorena saugte noch fester und erhöhte noch einmal das Vakuum in ihrem Mund, indem sie die Luft einsog. Sie spürte seine Erregung, fühlte seinen heißen, schnellen Atem in ihrem Nacken und die Anspannung, die von seinen Lenden ausging. Sie hatte ihn so weit. Sein Schwanz fing an zu zucken und Lorena wusste, dass er sich gleich in ihrem Mund ergießen würde, wenn sie weitermachen würde. Sie sehnte sich danach, das Pulsieren von seinem Schwanz zu spüren und war bereit, sein Sperma in ihrem Mund aufzufangen, aber gleichzeitig wurde die Stimme in ihrem Kopf lauter. Sie durfte nicht vergessen, wer sie war. Sie spielte das Spiel wegen des Spiels und der Lust und nicht um seiner Befriedigung willen. Sie saugte noch ein letztes Mal an seinem Schwanz, streichelte abschließend mit ihrer Zunge seine Eichel, dann ließ sie Simons Ständer abrupt aus ihrem Mund gleiten, bevor er dazu kam abzuspritzen und stand auf. Simon riss seine Augen auf und schaute sie überrascht an. Damit hatte er nicht gerechnet. Lorenas Herz raste. Sie wollte weiterblasen, ihn leer saugen, den letzten Tropfen von seinem Schwanz lecken, aber gleichzeitig galt es heute, eine Rechnung zu begleichen. Sie griff ihr Kleid, ihre Handtasche und ihre Schuhe vom Boden auf und huschte mit weichen Knien zum Vorhang. „Lorena, warte …", hörte sie Simons raue Stimme und alles in ihr schrie danach, sich umzudrehen und sich von ihm vögeln zu lassen. Aber diesmal war ihr Stolz stärker. Sie schaute Simon noch einmal lächelnd über ihre Schulter an, wischte sich mit dem Finger einen Speicheltropfen vom Mundwinkel und zwinkerte ihm zu. Dann drehte sie sich um, spähte vorsichtig durch den Vorhang, checkte die Lage, ob der Weg frei war, und huschte schnell halbnackt ins gegenüberliegende WC und hoffte insgeheim auf einen leeren Waschraum. Das Letzte, was sie jetzt wollte, war, der Mutter des Bräutigams in Unterwäsche und mit zerzausten Haaren zu begegnen …

Sie hatte Glück, der WC-Raum war leer. Mit klopfendem Herzen sperrte sich Lorena in einer Kabine ein und lehnte sich schnell atmend an die Wand. Ihre Knie waren ganz weich und ihr kompletter Körper zitterte vor Erregung und Aufregung. Der verbotene Blowjob hatte bei ihr eine brennende Spur des Verlangens hinterlassen und ihr einen Adrenalinkick verpasst, der sie in eine Welt purer Ekstase und Lebendigkeit katapultierte. Wie gerne hätte sie Simons Schwanz noch in sich gespürt, um ihre Gefühle in diesem Rausch komplett zu entladen. Sie zog ihr Smartphone aus der Tasche, schaltete den Video-modus an, stellte ein Bein auf dem Klositz ab, schob ihre Finger an ihrem nassen Slip vorbei und fing an, sich zu stimulieren. In Gedanken war sie immer noch gegenüber in der Wäschekammer. Sie schloss die Augen und stellte sich vor, wie Simon sie packte, hochhob und gegen die Wand stemmte, ihre Spalte spreizte und seinen prallen Ständer in ihrer feuchten Muschel versenkte. Ihr Körper glühte und in ihrer Fantasie überließ sie ihm die Führung. Sich nach dem süßen Schmerz harter Stöße verzehrend, penetrierte sie sich selber mit zwei Fingern in ihrer Vagina. In Gedanken wurde die Enge in ihrem Schoß von Simons hartem Schwanz ausgefüllt und sie war eins mit seinem Rhythmus. Sie malte sich aus, wie Simon sie voller Leidenschaft nahm. Sich nahm, was er wollte, während sie ihm bedingungslos ausgeliefert war. Fest mit seinem Schwanz in sie eindrang und sie seinen Speer mit den zuckenden Muskeln ihrer Vagina massierte und seine Ejakulation vorantrieb. Ihre Erregung floss immer stärker durch sie hindurch. Sie schob ihr Becken fordernd gegen ihre Hand und intensivierte ihr Fingerspiel, indem sie zusätzlich mit dem Daumen ihre Klitoris stimulierte. Die Gedanken an Simon und das, was sie gerne gegenüber mit ihm in der Wäschekammer getrieben hätte, trieben sie auf ihren unaufhaltsamen Orgasmus zu. Sie spürte, wie die Hormone, die Lust und das Adrenalin sie überrollten. Ihre Vagina fing unkontrolliert zu zucken an und Lorena musste sich beherrschen, nicht laut zu stöhnen, als die Feuchtigkeit ihrer Yoni in wellenartigen Schüben an ihrem Finger vorbeifloss. Lorena atmete tief durch und versuchte, sich wieder zu sammeln. Was zur Hölle hatte sie gerade gemacht? Was waren das für Grenzen, die sie da gesprengt hatte? Wie sollte sie jetzt wieder in ihr normales Leben zurückkehren? Und wollte sie das überhaupt noch? Sie schaute auf das Handy in ihrer Hand, mit dem sie ihren kompletten Höhepunkt gefilmt hatte, und schickte lächelnd das Video an Simons Nummer, ohne dabei auch nur eine Sekunde zu zögern.

Kapitel 14

Immer noch geplättet von ihrer eigenen Courage und dem, was sie in der Wäschekammer getan hatte, ging Lorena in den Garten, um sich wieder zu sammeln. Tausend Gedanken purzelten in ihrem Kopf durcheinander und ihre Gefühle tanzten Quickstep. Ihr innerer Moralapostel stand mit hochrotem Kopf in einer Ecke und hatte Schnappatmung, der Stolz drängte sich frech lächelnd an ihm vorbei, die Erotik triumphierte euphorisiert, die Angst zitterte vor den Konsequenzen, der Mut klatschte vor Freude in die Hände und die Lebendigkeit tanzte begeistert durch all ihre Zellen. Lorena schaute in den Sternenhimmel und atmete tief ein. Die kalte Oktoberluft durchströmte ihre Lungen und jeder Atemzug ließ sie wieder klarer werden. Sie schloss ihre Augen und auf einmal wurden ihre Gedanken und Gefühle ganz leise und um sie herum wurde es still. So still, dass sie ihr Herz klopfen hören konnte. Einen Moment blieb sie in dieser Stille, dann öffnete sie die Augen und eine neue Klarheit ergriff sie. Sie hatte keinen Grund, sich schuldig zu fühlen. Sie hatte ein verdammtes Recht darauf, glücklich zu sein. Leben bedeutete, ihre Leidenschaft ausleben zu können, anstatt sie zu unterdrücken. In ihr loderte ein Feuer, das brennen wollte und von nun an würde sie dafür sorgen, dass diese Flamme nie wieder erlosch. Kaum hatte sie diese Entscheidung getroffen, schlug ihr Herz vor Freude Purzelbäume.

Als Lorena wenig später wieder das Herrenzimmer betrat, fühlte sie sich überraschend leicht, so als hätte man ihr einen riesigen Stein von ihrer Brust genommen. Sie analysierte ihre Gefühle und stellte erstaunt fest, dass sie kein schlechtes Gewissen Andi gegenüber hatte. Weder Schuldgefühle noch Scham oder Angst waren präsent und selbst ihr innerer Moralapostel war erstaunlich still. Stattdessen waren da neue Emotionen, die sie von sich noch nicht kannte, die sich aber unglaublich kraftvoll anfühlten. Gefühle von Freiheit und Vertrauen. Und auf einmal wurde ihr so vieles klar. Sie war frei und immer frei gewesen. Sie allein war für ihr Glück verantwortlich, nicht die Gesellschaft und auch nicht Andi. Alles, was sie sich für sich wünschte, lag auf der anderen Seite von dem konventionellen Alltag, den sie zurzeit führte. Jetzt lag es einzig und allein an ihr, ihr Leben selber in die Hand zu nehmen und endlich für ihr Glück zu kämpfen. Mit einem Lächeln auf dem Gesicht setzte sich Lorena wieder auf ihren Platz. Keinem schien aufgefallen zu sein, dass sie so lange abwesend war. Andi unterhielt sich mit Roland und Sabine über Rolands Probleme im Job und Lorena registrierte, wie gelangweilt sie von Smalltalk und Alltagsgesprächen war. Sie sehnte sich nach Gesprächen mit Tiefgang. Nach Gesprächen, in denen es um die tiefsten Sehnsüchte, Visionen und Träume ging. Statt sich in die Unterhaltung einzuklinken, genoss sie bewusst jeden Löffel von ihrem Schokoladen-Ingwer-Eisparfait. Das Eis schmeckte erfrischend kalt und lecker süß und bot einen perfekten Kontrast zu dem salzigen Geschmack, den Simons heißer Schwanz in ihrem Mund hinterlassen hatte. Simon unterhielt sich wieder mit Marion, aber Lorena spürte diesmal keine Spur von Eifersucht, wie es noch bei der Hauptspeise der Fall gewesen war. Ihr war bewusst, an wen Simon nach diesem Abend denken würde und das würde ganz sicher nicht Marion sein. „Weißt du, dass du in letzter Zeit eine unglaubliche Ausstrahlung hast? Du scheinst regelrecht aufzublühen in deiner neuen Position." Lorena war überrascht über das unverhoffte Kompliment von Sabine und dankte Simon insgeheim, dass er ihre Leidenschaft und ihr Selbstbewusstsein wieder in den aktiven Modus geschaltet hatte. Er hatte sie aufgeweckt. Sie daran erinnert, wer sie wirklich war und welches Potential in ihr schlummerte. Wie wenn er ihre Gedanken erraten hätte, hob er in diesem Moment den Kopf und lächelte sie an. Und das erste Mal seit Beginn ihres Spiels hatte sie das Gefühl, dass es ein Lächeln auf Augenhöhe war. Es war ein Lächeln, das auf einem gemeinsamen kleinen Geheimnis beruhte. Im Laufe des Abends wurde die Stimmung immer ausgelassener. Nach zwei emotionalen Reden von den Trauzeugen eröffneten Sandra und Tom die Tanzfläche mit einem romantischen Lied von Revolverheld und der DJ heizte mit Liedern aus den 80ern, 90ern und aktuellen Klassikern die Tanzfläche ein. Lorena tanzte wild vergnügt mit ihren Mädels, als würde sie um ihr Leben tanzen. Sie grölte lauthals zu *I am what I am* mit und schwang zu *Macarena* ihre Hüften. Bei dem Lied *Unstoppable* von Sia kickte sie ihre Pumps von den Füßen und steppte barfuß über die Tanzfläche. Je mehr sie tanzte und sang, desto freier fühlte sie sich und desto mehr stieg ihre Energie an. Es war, als würde sie mit dem Tanzen ihre letzten innerlichen Ketten sprengen. Sie war voll in ihrer Weiblichkeit und komplett im Moment. Gelegentlich nahm sie zwar Simons Präsenz wahr, aber er war nicht mehr in ihrem Fokus. Ihre Leidenschaft hing nicht mehr von ihm ab, sondern kam aus ihrem Innersten. Aus diesem Selbstbewusstsein heraus provozierte sie zwar den ein oder anderen intensiveren Blickkontakt mit Simon, aber die Dynamik des Spiels hatte sich geändert. Nicht er war derjenige, der die Partie noch steuerte, sondern sie. Immer wieder trafen sich Simons und ihre Blicke, aber die Energie war eine ganz andere als noch am Vormittag. Die Erotik war immer noch da, die Anziehung genauso stark wie zuvor, aber an diesem Abend ging der Flirt vorrangig von ihm aus und sie ließ sich darauf ein. Es stand nicht mehr das Spiel im Vordergrund, sondern die Leidenschaft, die jetzt endlich ausgelebt werden wollte und die gerade mehr als mächtig spürbar war. Zwischen Simon und ihr herrschte eine aufregende Spannung und die Luft wirkte regelrecht wie elektrisiert, wenn er in ihrer Nähe war. Lorena empfand eine freudige Ekstase, die jedoch nicht ihm geschuldet war, sondern von ihr selber ausging. Das Feuer, das in ihr brannte, mobilisierte all ihre Energien. Sie tanzte, sie flirtete und feierte den Moment mit ihren Freunden. Sie spielte mit ihrer Weiblichkeit und genoss es, Simon damit zu reizen. Sein Spiel war zu ihrem Spiel geworden. Das Geheimnis, das zwischen ihr und Simon stand, steigerte die Erotik zwischen ihnen. Sie war in einem lustvollen Rausch, der ihre Libido feiern ließ. Jedes Mal, wenn er tanzte und sie sah, wie sich seine Muskeln unter seinem Hemd anspannten, reagierte ihr Körper mit purer Erregung. Bei jedem Blick von ihm, in dem sie mittlerweile auch ganz klar sein Verlangen erkennen konnte, beschleunigte sich ihr Puls. Lorena war permanent feucht und die unbändige Lust, die sie an diesem Abend verspürte, war eine Begierde, die sie noch nie zuvor empfunden hatte. Noch nie in ihrem Leben hatte sie einen Mann so sehr körperlich begehrt. Alles in ihr schrie förmlich danach, von ihm berührt zu werden. Sie sehnte sich danach, mit ihm zu verschmelzen und sich voll in ihre Lust fallen zu lassen. Sie wollte endlich seinen prallen Schwanz in ihrer zuckenden Yoni spüren. Sie wollte endlich all ihre sexuell aufgestaute Lust laut herausschreien. Obwohl sie versuchte, Abstand zu ihm zu wahren, um nicht völlig durchzudrehen, suchte ihr Körper doch immer wieder seine Nähe. Immer wieder berührten sie sich wie zufällig auf der Tanzfläche. Dezent, so dass es für die Außenstehenden unabsichtlich schien, aber trotzdem so bewusst, weil diese gegenseitige physische Anziehung sich nicht mehr verleugnen ließ. Ihre Libido hatte ihren Verstand in Quarantäne versetzt und die Regie übernommen, aber diesmal wehrte sie sich nicht dagegen, sondern gab sich dem Gefühl ganz hin. Simon und sie bewegten sich so, dass sich ihre Körper immer wieder kurz berührten. Beide tanzten frei auf der Tanzfläche mit anderen, aber gelegentlich doch Rücken an Rücken und ständig gab es Momente, in denen sich ihre Fingerspitzen kurz streiften. Jede Berührung war wie ein kleiner Stromschlag, der Lorena aufs Neue elektrisierte. Bei jeder Interaktion ihrer Körper pulsierte ihre Vagina fast schon flehentlich, weil sie es genauso wenig erwarten konnte wie Lorena selbst, endlich von Simon gefickt zu werden. Sie wollte so sehr mit ihm schlafen, dass es ihr fast den Verstand raubte und sie wusste nicht, wie lange sie dieses unbändige Verlangen noch aushalten konnte. Gleichzeitig war es genau dieses Hingehaltenwerden, was ihre Lust noch mal mehr potenzierte.

Kapitel 15

Als sie mit Andi gegen zwei Uhr morgens mit dem Taxi nach Hause fuhr, war Lorena noch ganz schwindelig von dem Abend. Sie war wie im Rausch, obwohl sie sich den ganzen Tag nur ein Glas Sekt gegönnt hatte. Sie fühlte sich so lebendig wie schon lange nicht mehr, sie war komplett mit sich selber verbunden und gleichzeitig kreisten ihre Gedanken um Simon. Simon hatte mittlerweile so eine Macht über sie und ihre Sexualität. Sie war längst eine Marionette ihrer Libido geworden und Simon hielt die Fäden dazu in der Hand. Sie hatte sein Machtspielchen heute nur unterbrochen, indem sie kurzzeitig die Regeln geändert hatte. Sie hatte es geschafft, dass der sonst so kontrollierte Player schwach wurde und die Kontrolle für einen Moment aus der Hand gab. Dadurch hatte er ihr für diesen Abend zwar Respekt gezollt, aber ihr war klar, dass diese Anerkennung nur eine Momentaufnahme war. Insgeheim war ihr bewusst, dass sie den Player in ihm dadurch nur noch mehr getriggert hatte. Simon war kein Spieler, der gut verlieren konnte und er würde alles versuchen, damit wieder nach seinen Regeln gespielt wurde. Das Spiel zwischen ihnen war noch nicht vorbei, die finale Runde noch nicht gespielt. Simon war nicht der Mann, der vor der Endrunde aufgab. Er würde weiterspielen, bis er wieder Regie in dem Spiel führte. Und sie selber konnte es ebenfalls nicht erwarten, endlich das finale Level zu spielen und neue Dimensionen ihrer Lust zu entdecken. Simon würde ihren Ungehorsam sicherlich bestrafen wollen und Lorena war so was von bereit für seine Bestrafung. Sie lehnte ihren Kopf an die kühle Scheibe des Taxis und dachte darüber nach, was sich da zwischen Simon und ihr in den letzten Monaten entwickelt hatte. Sie hatte sich schon immer zu ihm hingezogen gefühlt, war seiner Anziehungskraft, die er generell auf Frauen ausübte, schon immer insgeheim erlegen gewesen. Aber bis zu dem Abend in der Bar hatte sie diese Anziehung mit sich selber ausgefochten. Nie hätte sie gedacht, dass sie so weit gehen würde, so viele Grenzen überschreiten würde, wie sie es in den letzten Monaten getan hatte. Er hatte ihre Moral gebrochen. Er hatte es geschafft, dass sie sich danach sehnte, aus den gesellschaftlichen Konventionen auszubrechen. Er hatte sich mit ihrem Stolz angelegt und ihr den Spiegel ihrer verborgenen Sehnsüchte vors Gesicht gehalten. Warum sie sich auf das Spiel eingelassen hatte und es immer weiterspielte, war ihr vollkommen klar. Er forderte sie durch die Art, wie er spielte, jedes Mal aufs Neue heraus und stachelte sie damit an, sich mit sich selbst auseinanderzusetzen und über sich hinauszuwachsen. Sie spielte das Spiel, weil es ihr eine Möglichkeit gab, zumindest für einen Moment aus ihrem Alltag auszubrechen. Das Spiel war ihre Befreiung geworden, die sie zwang, endlich aufzuwachen und ihr Leben zu hinterfragen. Aber warum spielte Simon das Spiel mit, obwohl er doch zig andere Gegenspielerinnen hatte, die nicht verheiratet waren? Warum ließ er sich auf die Partie ein, obwohl er wusste, was alles auf dem Spiel stand? Er konnte genauso seinen Ruf verlieren und es sich mit dem Freundeskreis verscherzen, wenn das rauskäme. Warum also trieb er das Spiel immer weiter voran? Klar, sie war eine aufregende Frau und nicht nur attraktiv, sondern auch verrucht und fantasievoll, aber er war nicht der Typ Mann, der deswegen unvorsichtig wurde. Insgeheim wusste sie die Antwort. Wenn ein Spieler, der eigentlich schon genug gewonnen hat, einfach kein Spiel ausschlagen kann, obwohl die nächste Runde riskant sein könnte, dann einfach nur des Spiels wegen. Anfangs hatte er sie mit seinen Nachrichten nur provozieren wollen, um sie auf die Probe zu stellen. Er hatte testen wollen, inwieweit sie ihren Widerstand und ihre Moral tatsächlich aufgeben würde. Er hatte sie herausgefordert, um seinem Ego die Bestätigung zu geben, die er von Frauen gewohnt war. Und jedes Mal, wenn sie schwach geworden war, sie ihm ihre sexuellen Sehnsüchte offenbart hatte, sich ihm wild und leidenschaftlich präsentiert hatte, hatte sie ihm Macht über sie gegeben. Er spielte das Spiel, weil er wusste, dass er letztendlich alles von Lorena haben konnte, wenn er die richtigen Knöpfe drückte. Er spielte das Spiel ganz einfach deswegen, weil er es konnte. Er spielte das Spiel, um Meisterschaft auf diesem Gebiet zu erlangen. Aber im Endeffekt stand für ihn nur wenig auf dem Spiel. Er konnte sich jederzeit lachend aus der Sache zurückziehen, während für Lorena alles auf dem Spiel stand, was sie sich in ihrem Leben aufgebaut hatte. Anfangs war es für sie noch ein Grenzspaziergang gewesen, mittlerweile war es nur noch ein kleiner Schritt, bis sie die Grenze komplett überschreiten würde. Eine Grenze, in deren Nähe sie sich vor ein paar Monaten gar nicht erst gewagt hätte, weil das Terrain hinter dieser Grenze zu gefährlich war. Zu gefährlich für ihre Ehe und ihre intakte Familie und das Sozialkonstrukt ihres Freundeskreises. Ihr waren die Konsequenzen ihres Grenzspaziergangs durchaus bewusst und trotzdem sehnte sie sich mehr denn je danach, die Grenzen endlich komplett zu sprengen. Sie konnte und wollte auch nicht mehr zurück. Sie wollte das, was sie momentan erlebte, nicht wieder aufgeben. Sie wollte ihre Leidenschaft weiter ausleben und ihre Lebendigkeit spüren, dessen war sie sich sicher. Sie wollte wieder sie selber sein. Wieder leben. Gleichzeitig wusste sie, dass die Entscheidung für diesen Weg einige unangenehme Folgen mit sich bringen würde, denen sie sich stellen musste.

Kapitel 16

Lorena saß in Amelies Kinderzimmer vor dem Kleiderschrank auf dem Boden und sortierte Klamotten in einen Koffer. Das Vater-Kinder-Wochenende auf einer Hütte stand an, das von der KITA jedes Jahr einmal im späten Herbst organisiert wurde. Lorena hing ihren Gedanken nach, während Amelie und Luis zusammen neben ihr Playmobil spielten und Amelie Luis vorgab, was seine Figuren ihren zu antworten hatten. Seit der Hochzeit vor drei Wochen hatte Lorena nichts mehr von Simon gehört und sie selbst hatte sich auch nicht gemeldet. Allerdings war es nicht nur ihr Stolz, der sie zurückhielt, sondern vorwiegend die Angst vor dem nächsten Schritt, mit dem sie die Grenze vollends überschreiten würde. Sie hatte sich bewusst etwas zurückgezogen und sich mehr auf ihren Alltag konzentriert, weil sie Respekt vor den Konsequenzen hatte, die dieser Schritt mit sich bringen würde. Es hatte ihr gutgetan, sich in den letzten Tagen mehr auf sich und ihre Gefühle und Gedanken zu konzentrieren, und sie merkte, dass sie innerlich in Aufruhr war. In der Arbeit hatte sie einen neuen Alliance-Partner aus Spanien an Land ziehen können und obwohl ihr Alltag mit Vollzeitjob, Familie und Haushalt anstrengend war, hatte sie tatsächlich die Muse gefunden, sich zu dem Onlinekurs in digitaler Fotografie anzumelden, der schon so lange auf ihrer Liste gestanden hatte. Lorena freute sich darauf, ein ganzes Wochenende für sich zu haben. Sie hatte einiges mit sich selber auszumachen und dafür brauchte sie Ruhe. Nachdem sie Andi und die Kids am Freitagabend ins Vater-Kind-Wochenende verabschiedet hatte, entschied sie sich, das erste Mal in ihrem Leben völlig allein in die Sauna zu gehen. Obwohl sie anfangs noch Probleme mit ihrer Nacktheit hatte und sich beobachtet fühlte, sorgte das Alleinsein in Kombination mit der körperlichen Anstrengung genau für die

Entspannung, die sie brauchte, um wieder zu sich zu kommen. Sie genoss die Wärme in der heißen Sauna, spürte, wie die Schweißtropfen an ihrer Haut herunterliefen und sie streichelten, ließ ihren nackten Körper von der Leichtigkeit des warmen Thermenwassers tragen. Die Hitze sorgte dafür, dass ihre Gedanken wieder etwas mehr abkühlten, und das kalte Eisbecken ließ sie erneut die Lebendigkeit spüren, die sie daran erinnerte, was ihr in den letzten Jahren gefehlt hatte.

Auch am Samstag verbrachte sie die Zeit nur mit sich alleine. In der Früh ging sie das erste Mal seit Jahren wieder joggen. Sich in der kühlen Herbstluft mit Rockmusik im Ohr körperlich auszupowern, setzte neue Energien und Kreativität in ihr frei, die sie mittags nutzte, um im Park erste Fotografie-Übungen in der bunten Herbstland-schaft zu machen. Nachmittags setzte sie sich mit einem Südamerika-Reiseführer und ihrem Notizbuch in ein Café und notierte sich mögliche Reiserouten. Sie war so in ihrem Flow, dass sie sich gedanklich damit beschäftigte, wie sie nach einer Backpacking-Rundreise den Putucusi-Berg empor-klomm. Das war schon immer ihr Traum gewesen, den sie nicht mehr länger vertagen wollte. Jetzt war es an der Zeit, ihre Träume selber in die Hand zu nehmen. Am Abend verabredete sie sich zu einem Date mit sich selbst. Sie hatte den Mädelsabend mit den anderen Müttern das erste Mal abgesagt. Das erste Mal Nein zu dem gesagt, was sie schon lange nicht mehr bereicherte. Sie hatte keine Lust mehr auf Abende, bei denen sich alles nur um die Kinder drehte, keine Lust mehr auf Oberflächlichkeit, keine Lust mehr auf die Opfergeschichten und den Wettkampf darum, wer im Alltag den meisten Stress hatte. Sie sehnte sich nach so viel mehr Tiefe und spürte, sie würde an diesem Abend nicht sie selbst sein können, denn das, was sie momentan beschäftigte, hätte sie in dieser Runde nicht besprechen können. Ihre innere Sehnsucht, die sie herumtrieb, konnte sie nur im Alleingang ausfechten. Statt einen lauten Abend in einer Bar zu verbringen, bei dem letztlich nichts gesagt wurde, zog sie einen stillen Moment in der Badewanne und einen Dialog mit Tiefgang mit sich selber vor. Sie zündete sich eine Kerze an und entschied sich spontan für ein inspirierendes Hörbuch zum Thema Selbstverwirklichung, während sie in Schaum eingehüllt ein Glas Rotwein trank. Das Hörbuch war ihr zufällig empfohlen worden und noch vor einem Jahr hätte sie so einen Happyness-Ratgeber als unnötigen Esoterik-Kram abgetan. An diesem Abend jedoch war es genau das, was zu ihrer Situation passte. Es kam ihr fast so vor, als hätte die Autorin das Hörbuch nur für sie aufgenommen und das Thema berührte sie in der Tiefe. Es handelte von einer Frau, die ihre Blockaden aufgelöst und ihre Ängste in Stärken umgewandelt hatte, um die eigenen Visionen in die Realität umzusetzen und endlich glücklich zu leben. Beim Hören wurde der Ruf nach einer Veränderung in ihrem Leben lauter und ihr wurde bewusst, dass es für sie keine andere Option mehr gab, als die Komfortzone zu verlassen. Der Sprung ins kalte Wasser war die einzige Möglichkeit, um wieder mehr ins Leben einzutauchen. Alles was sie wollte, war auf der anderen Seite der Angst und jetzt galt es, sich der Angst zu stellen. Sie wusste zwar noch nicht, wie ihr das gelingen sollte, aber sie spürte, dass sie die Kraft hatte, alles auszuhalten, was die Entscheidung, zu sich selbst zu stehen, mit sich bringen würde. Ein persönliches Wellnessprogramm rundete das Date mit sich selbst ab. Sie rasierte ihre Beine und ihre Yoni, cremte sich mit einer dezent nach Vanille duftenden Creme ein und band ihre roten, noch leicht feuchten Locken auf der Seite zu einem lockeren Zopf. Als sie nackt vor dem verspiegelten Kleiderschrank in ihrem Schlafzimmer stand und ihre frisch eingecremten Kurven betrachtete, lächelte sie sich an. Lorena gestand sich ein, dass sie eine wunderschöne Frau war und so wollte sie sich heute auch fühlen. Diese Weiblichkeit, die sie seit dem Flirt mit Simon wieder spürte, ergriff immer mehr Besitz von ihr und Lorena spürte, dass in ihrer Weiblichkeit ihre wahre Kraft verborgen lag. Eine Kraft, die gelebt werden wollte. Ein Feuer, das brennen wollte. Statt der bequemen Alltagsunterwäsche entschied sie sich daher für ein extravagantes Spitzenset, mit sexy Gummizügen an den richtigen Stellen, das ihre Sinnlichkeit unterstrich. Die Panty saß perfekt auf ihren Hüften, der Stoff schmiegte sich angenehm an ihren Hintern und betonte ihre runden Arschbacken, die sie schon immer an sich gemocht hatte. Die Frau im Spiegel lächelte sie an und sofort kam ihr Simon in den Sinn. Wenn er sie jetzt so sehen könnte, wäre der Machtkampf wieder eröffnet, das Spiel wieder im Online-Modus. Aber heute ging es nicht darum, Simon oder irgendjemand anderem zu gefallen, heute wollte sie sich einfach selber genießen. Lorena zog ihre enge Lieblingsjeans und einen Longpulli aus weißer Wolle über ihren BH, zog ihre Lippen mit einem roten Lipgloss nach und tuschte dezent ihre Wimpern, obwohl sie alleine zu Hause war. Sie hatte Lust, in die Rolle der Frau einzutauchen, die sie zukünftig wieder mehr sein wollte. Ihr gefiel ihr neues Spiegelbild, das sie anstrahlte, und sie mochte die neu entdeckte sinnliche Ausstrahlung, die sie im Alltag sonst nicht zeigen konnte. Lorena setzte sich auf ihr Sofa und schaute automatisch aufs Handy. Vor einer Stunde hatte Andi einen neuen Statusbericht geteilt, in dem er ein Foto von sich und den Kindern beim vorwinterlichen Lagerfeuer zeigte. *#Vater-Kids-Wochenende #NoMomsallowed*. Lorena freute sich über die strahlenden Augen ihrer Kinder, vor allem über Luis, der sich den Mund mit Stockbrot vollstopfte und wie ein kleiner Hamster aussah. Die Gesichter ihrer Sprösslinge leuchteten vor Freude und Begeisterung und eine Sehnsucht nach ihnen stieg in ihr hoch. Die war immer da, wenn die Kleinen nicht bei ihr waren, aber heute genoss sie es, nur für sich zu sein. Auf Facebook hatte Anna ein Bild von dem Mädelsabend gepostet, auf den sie verzichtet hatte. Es war ein Bild, wie es schon zig davor gegeben hatte, nur dass sie bisher auf den Bildern mit drauf gewesen war. Die Mädels hatten alle ein Glas Sekt in der Hand und lächelten und trotzdem fand Lorena, dass alle müde aussahen, eine wahrhaftige Freude strahlte keine von ihnen aus. Ihre Freundinnen lächelten ihren Alltag weg und das Kribbeln vom Sekt war das einzige Kribbeln, das sie erfuhren. Es machte Lorena wehmütig, das Bild zu sehen, denn es zeigte ihr, dass ihr Leben die letzten Jahre eine einzige Wiederholungsschleife gewesen war mit ein paar Gläsern Sekt als einzigen Highlightmomenten. Sie hatte mal gelesen, dass es für jeden Menschen eine obere Grenze an Freude gab. Ein Maß an Freude, an das man sich während seines Lebens anpasste und das dem Umfeld geschuldet war. Beim Betrachten des Fotos wurde ihr bewusst, dass ihr Maß an Freude, das sie erfuhr, nicht das war, was sie sich unter einem freudvollen, glücklichen Leben vorstellte. Gleichzeitig hatte sie eine leise Ahnung davon, dass für sie noch so viel mehr möglich war, wenn sie die Wahl traf, zukünftig etwas zu verändern. Das Maß an Freude in ihrem Leben lag einzig in ihrer Verantwortung und es war an der Zeit für sie, selbst für mehr lebendigen Spaß und vergnügte Glückseligkeit einzustehen und sich bei der Grenze ihrer Freude an dem Level ihrer Kinder zu orientieren. Bei den Gedanken an Spaß und lebendige Freude kam Lorena nicht umhin, an Simon zu denken. Seit der Aktion in der Wäschekammer hatte sie nichts mehr von ihm gehört. Es wunderte sie selbst, dass sie das nicht störte. Vor ein paar Wochen hätte sie seine mangelnde Reaktion und zurückgehaltene Kommunikation als Ablehnung empfunden und an sich gezweifelt, aber mittlerweile triggerte es sie nicht mehr. Es triggerte sie nicht mehr, weil sie ihren Selbstwert immer mehr erkannte und nicht mehr auf seine Anerkennung angewiesen war, um sich gut zu fühlen. Sie vertraute auf ihre Weiblichkeit und wusste insgeheim, dass sie nur Geduld haben musste, um das zu bekommen, wonach sie sich sehnte. Gleichzeitig war ihr das indessen nicht mehr ganz so wichtig. Die Energie zwischen ihnen hatte sich verändert. Es ging ihr nicht mehr darum, von ihm begehrt zu werden, aber sie hatte Lust, die Grenzen ihres Begehrens noch weiter auszutesten. Lorena war sich sicher, dass Simon seit dem Blowjob in der Wäschekammer und der Spannung auf der Tanzfläche mindestens einmal an sie gedacht hatte. Sie konnte sich vorstellen, dass sein Nichtmelden bereits wieder Teil des Spiels war. Er wollte sie wieder einmal herausfordern und ihren Stolz beziehungsweise seine Macht ihr gegenüber auf die Probe stellen. Er wollte ihre Schwäche für ihn provozieren, um sie im finalen Level mit nur einem Stoß schachmatt zu setzen. Wenn sie ehrlich zu sich war, konnte Lorena dieses Level und diesen erlösenden Stoß kaum mehr erwarten. Sie wollte sich endlich in der letzten Runde dem Endgegner stellen. Nackt, willenlos und mit all ihrer sexuellen

Begierde. Und diesmal würde es ein Kampf auf Augenhöhe werden. Bei diesen Gedanken ging ihr Atem automatisch wieder schneller und ihr Schoß begann zu ziehen. Sie schloss die Augen, rutschte tiefer in ihr Sofa und schob ihre Hand in ihre Jeans. Gerade als sie in den Moment ihrer Lust eintauchte, klingelte es unerwartet an der Tür. Lorena fuhr erschrocken hoch. Verärgert, in dieser Situation gestört worden zu sein, schmiss sie ihr Kissen auf das Sofa. Sie erwartete niemanden und der Abend hätte nur ihr selbst gehören sollen. Entsprechend dieser Stimmung öffnete sie genervt die Tür und erstarrte. Simon stand vor ihr und schaute ihr mit diesem unwiderstehlich intensiven Blick und einem leicht spöttischen Lächeln tief in die Augen. Lorena stockte der Atem. Sofort schoss ihr pures Adrenalin in jede Zelle ihres Körpers und aktivierte den „Fight-or-Flight-Modus". Flucht oder Kampf – eine andere Möglichkeit gab es in dieser Situation nicht. Dennoch war sie unfähig, irgendeine Entscheidung zu treffen. Ihr Blut rauschte durch alle Regionen ihres Körpers und schaltete ihren Verstand aus. Ihr Herz fing schlagartig an zu klopfen, ihr fiel es schwer zu atmen und ihre Libido schlug Purzelbäume. „Was zur Hölle machst du …" Bevor Lorena den Satz ganz aussprechen konnte, hielt Simon ihr den Mund zu und schob sie führend zurück ins Haus. In seinen Augen funkelte pure Gier, als er sie gegen die Wand im Flur drückte und ihr den Wollpulli sanft über den Kopf zog. Sofort gab Lorena den Gedanken an Flucht auf. Sie wollte den Kampf. Und wie sie ihn wollte. Sie wollte sich dem Endgegner mit all ihrer weiblichen Energie stellen, bis dieser vor ihr in die Knie ging und erschöpft und am Ende seiner Kräfte am Boden liegen blieb. Gierig vor Verlangen drückte sie ihren Oberkörper an seinen, so dass sie mit ihren im schwarzen Spitzen-BH steckenden Brüsten seine Brustmuskeln berührte, und presste ihr Becken gegen seines. Sie spürte, wie sein Schwanz hinter seiner Jeans zu wachsen anfing. Sie seufzte wollüstig auf und wollte Simon zu sich ziehen und küssen, doch er wandte sich ab und schüttelte spöttisch lächelnd den Kopf. Seine blauen Augen funkelten überheblich und mit seinem Blick signalisierte er ihr, dass das Spiel diesmal nach seinen Regeln laufen würde. Dieser Blick, der Lorena so schwach werden ließ, entfachte all ihre sexuellen Energien. Sie hatte so lange auf diesen Moment gewartet. Sie konnte ihr Verlangen nicht noch länger zügeln. Sie wollte ihn endlich in sich spüren. Ungeduldig und voll aufgestauter Lust packte Lorena Simon am Hosenbund, zog ihn noch näher zu sich und machte sich an dem

Reißverschluss seiner Jeans zu schaffen. Sie sehnte sich so sehr nach seinem Schwanz. Sie wollte endlich von ihm gefickt werden. Abrupt unterbrach Simon sie, indem er bestimmt ihre Hände packte und mit festem Griff zusammenhielt. In seinem Blick spiegelten sich pure Begierde und gleichzeitig eine selbstbewusste Dominanz, mit der er sie schier um den Verstand brachte. Gekonnt drehte Simon ihr die Hände auf den Rücken, hielt ihre Arme mit der linken Hand fest und zog mit der rechten Hand ein Seil aus seiner Jackentasche. Während er ihre Hände hinter ihrem Rücken fesselte und das Seil fest zuzog, spürte Lorena seinen warmen Atem in ihrem Gesicht und nahm seinen erotisierenden Geruch wahr, der pures Testosteron beinhaltete. Euphorisiert von seinem Duft und dem leichten Schmerz, den die Fesseln an ihren Handgelenken hinterließen, stöhnte sie laut auf. Dieses Seil gab ihm die Macht über das Spiel und ihr blieb nichts übrig, als sich ihm willenlos zu beugen. Ihre Begierde immer noch nicht ausleben zu können, machte sie verrückt vor Verlangen und doch musste sie sich eingestehen, dass diese Dominanz ihre Lust noch mehr steigerte. Sie biss sich auf die Lippen, streckte ihren Oberkörper in seine Richtung, doch Simon wich einen Schritt zurück und gebot ihrer Gier erneut Einhalt. Es war offensichtlich, dass Simon das Spiel und seine Machtposition genoss. Statt über sie herzufallen und sie zu erlösen, zog er seine Jacke und seinen Pulli seelenruhig aus und präsentierte Lorena seinen perfekt trainierten Oberkörper. Lorena lechzte danach, ihn zu berühren und ihn zu spüren, doch ihr waren die Hände gebunden. Anstatt sich ihr zu nähern, blieb Simon halbnackt und mit Abstand vor ihr stehen und schaute ihr tief in die Augen. Lorena hielt seinem lodernden Blick stand und erkannte, dass dieser ihr eigenes Feuer spiegelte, das sich von ihrem Schritt ausgehend in ihrem ganzen Körper ausgebreitet hatte. Selbst die Luft um sie herum schien zu brennen. „Nimm mich endlich", flüsterte sie, doch Simon schüttelte wiederholt lächelnd den Kopf und zippte stattdessen in Zeitlupe den Reißverschluss seiner Jeans auf, griff in seine dunkelblaue enge Shorts, packte seinen steifen Schwanz aus und fing an, vor ihr zu masturbieren. Lorena konnte einen feuchten Tropfen auf seiner Eichel glänzen sehen und sehnte sich augenblicklich danach, den Funken seiner Lust abzulecken. Sofort war sein Gemächt wieder das Zentrum ihres Verlangens. Sein Lingam war noch schöner, als sie ihn in Erinnerung hatte. In Lorenas Schoß pochte es. Sie wollte diesen Schwanz in sich spüren und es war für sie pure Folter, noch länger darauf warten zu müssen. Endlich machte Simon einen Schritt auf sie zu. Er packte ihre Hüften, drückte sie dominant an die Wand, knöpfte ihre Jeans auf, steckte ihr ein Bein zwischen die Schenkel und zog ihr die Hose mit seinem Bein aus. Einen Moment berührte er dabei mit dem Knie ihre Yoni, die sich sofort mit der Freisetzung von Vaginalnektar bedankte. Diese kurze Berührung ihres Lustzentrums war für Lorena wie ein heftiger Stromschlag und augenblicklich sehnte sie sich nach mehr von seinen elektrisierenden Berührungen. Sie wollte endlich ihre Lust leben. Ihr Herz war außer sich, ihr Atem raste und ihr Brustkorb hob und senkte sich und streckte sich Simons Gesicht entgegen. Mit einem gekonnten Griff hob er ihre Brüste aus ihrem BH, so dass diese auf dem Bügel ihres Spitzen-BHs auflagen, und biss ihr sanft in ihre steife Brustwarze. Lorena zuckte zusammen. Dieser Biss setzte eine Mischung aus purer Erregung und lustvollem Schmerz in ihr frei. Elektrisiert vor Verlangen schob sie ihr Becken zu seinem Schwanz, so dass sie seine Schwanzspitze an dem dünnen Stoff ihres Höschens spüren konnte. Ihre Yoni bedankte sich sofort mit einem freudvollen Zucken. Sehnsüchtig suchte sie mit dem Mund Simons Lippen. Einen Moment berührten sich ihre Lippen, eine Sekunde ließ

Simon den Kuss zu, aber bevor sie mit der Zunge um seine tanzen konnte, schob Simon sie wieder weg und drückte sie an ihren Schultern runter, bis sie in all ihrer Wollust und Weiblichkeit mit den Händen am Rücken gefesselt vor ihm kniete. Lange würde sie sein Spiel nicht aushalten können, ohne dabei völlig den Verstand zu verlieren. Lorena zerrte mit den Armen an den Fesseln. Sie verzehrte sich danach, endlich das Ruder oder vielmehr seinen Steuerknüppel in die Hand nehmen zu können, aber die Knoten saßen zu fest und schnürten sich ihr mit leichtem Druck in die Handgelenke. Sie hob den Kopf und schaute Simon fast schon flehentlich und voller Begierde in die Augen. Er hielt ihrem Blick stand, lächelte siegessicher und schwang herausfordernd den Schwanz vor ihrem Gesicht. Seine Schwanzspitze war nur wenige Zentimeter von ihren Lippen entfernt, doch sie konnte seine geballte Männlichkeit nicht berühren. Simon hielt sie mit ihren Schultern an die Wand gedrückt, so dass sie ohne Kraftaufwand keine Möglichkeit hatte, sich dem Objekt ihrer sexuellen Begierde mit ihrem Mund zu nähern. Sie sah, wie sein Schwanz leicht zuckte, als sie mit ihrem Atem darüberstrich. Ein wohliger Schauer purer Lust schoss in ihren Schoß. Sie schloss die Augen und versuchte sich zu sammeln. Sie hörte das Blut in ihren Adern rauschen und ihr Herz rasen. Das Spiel lief nicht nach ihren Erwartungen, wieder mal war er es, der die Regeln bestimmte. Ihr Körper sehnte sich nach seinen Berührungen und ihre Vagina verlangte nach Aufmerksamkeit. Doch Simon verwehrte ihr all das, wonach ihr Körper schrie. Wonach ihr Körper schon seit Wochen, schon seit Monaten beziehungsweise genau genommen schon seit Jahren schrie. Seine pralle Schwanzspitze glänzte einladend. Lorena dachte kurz darüber nach, Simon ihre Berührungen ebenfalls zu versagen, doch der Kopf hatte bereits nichts mehr zu melden. Ihr Blut konzentrierte sich auf andere Regionen in ihrem Körper. Auf ihr Lustzentrum, das animalische Kräfte in ihr freisetzte. Sie zog an ihren Fesseln, widersetzte sich dem Druck auf ihren Schultern und beugte sich sehnsüchtig nach vorne, um seinen Speer mit den Lippen zu berühren. Sanft streifte sie mit der Zunge über die kleine Öffnung an seiner Schwanzspitze und leckte den salzigen Lusttropfen ab. Ihre Zunge umkreiste seine heiße, feuchte Eichel und nahm den Geschmack seines männlichen Safts auf, der wie ein Aphrodisiakum auf ihre eigene Begierde wirkte. Ihre Yoni wurde noch nasser und pochte immer mehr darauf, endlich angefasst und ausgefüllt zu werden. Lorena beugte sich noch weiter nach vorn, umspielte mit der Zunge seine prallen Hoden, leckte an seinem Schaft und ließ den Schwanz schließlich ganz in ihren weichen, warmen Mund gleiten, um daran zu saugen. Sein Stöhnen heizte sie noch mehr an. Seine Lust zu spüren, steigerte ihr eigenes Verlangen erneut ins Unermessliche. Die feuchten Stellen, die sich seitlich an ihrem Slip schon abzeichneten, ließen keinen Zweifel an ihrer Erregung. Sie saugte hungrig an seinem Schwanz, liebkoste und umspielte ihn mit ihrer Zunge und formte in ihrem Mund ein Vakuum, um Simons Schwanz eine heiße, feuchte Höhle zu bieten. Der Druck auf ihren Schultern ließ nach, als er seine Hände stattdessen an ihren Hinterkopf legte. Er dirigierte ihren Kopf, um sie nach seinem Rhythmus in den Mund zu ficken. Seine Stöße wurden immer heftiger, immer tiefer und Lorena streckte ihren Nacken, um seinen Schwanz tiefer in ihrer Mundhöhle aufnehmen zu können und es sich für sie weiterhin angenehm anfühlte. Sie schloss die Augen, konzentrierte sich auf seine Männlichkeit und genoss das Gefühl, dass sie die Macht über seine Begierde hatte. Als Simons Lenden zu zucken anfingen, saugte sie etwas langsamer und öffnete ihre Augen, um ihn anzusehen. Sie wollte seine Aufmerksamkeit, während er kam. Sie wollte, dass er sie ansah. Sein

Blick war vor lauter Lust schmerzverzerrt und Lorena wusste, dass sie ihn fast so weit hatte. Dieses Mal wollte sie ihm und sich den Genuss nicht verwehren. Dieses Mal war sie bereit, sein Sperma in ihrem Mund zu empfangen. Sein Schwanz fing an zu zucken und nach einem ersten salzigen Tropfen ergoss Simon sich mit einem heißen Schub in ihren Mund und sie zog ihren Kopf etwas zurück, so dass der zweite Schub von seinem Sperma zuerst ihre Lippen und dann ihre Brüste traf. Lorena schluckte das Sperma runter und leckte die letzten Tropfen von Simons noch zuckendem Schwanz ab, während sie ihm weiter mit einem kampflustigen Blick in die Augen sah. Dieses Gefühl, von ihm benutzt zu werden und gleichzeitig die Macht über sein Verlangen zu haben, hatte sie so erregt, dass sie selber kurz davor war zu kommen, ohne dass er sie bisher überhaupt berührt hatte. Simon atmete tief durch, lächelte Lorena an, strich ihr einen Moment liebevoll übers Gesicht und drückte ihren Oberkörper in der gleichen Sekunde unerwartet, aber bestimmt auf den Boden, was Lorena völlig überrumpelte. Er stützte ihre Hände, die immer noch hinter ihrem Rücken gefesselt waren, und stemmte sein Gewicht auf ihren Rücken, so dass ihr Oberkörper und ihre mit Sperma benässten Brüste auf den Boden gedrückt wurden. Er kniete sich hinter sie und Lorena streckte ihm willig ihren im Slip verpackten Hintern entgegen, in der Hoffnung, dass ihr Begehren nun endlich befriedigt werden würde. Ihre Vagina hielt keinen weiteren Entzug mehr aus. Sie sehnte sich so danach, endlich berührt zu werden. Endlich ausgefüllt zu werden. Endlich gefickt zu werden. Doch den Gefallen, sie zu berühren, tat Simon ihr nicht. Wieder nicht. Stattdessen schlug er ihr mit einer Hand sanft auf die linke Arschbacke. Lorena fuhr zusammen. Mehr aus Überraschung als vor Schmerz, aber dennoch war sie kurz erzürnt über seine Art, das Spiel zu lenken und über die Folter der Entbehrung, die sie ertragen musste. Es war Zeit, sich endlich das zu nehmen, was sie so sehr brauchte. Sie hob ihr Becken ein bisschen höher und schob es zu Simons Schoß. Ihre Muschel bettelte zuckend um Aufmerksamkeit und war komplett nass. Ihr Körper bebte vor Begierde und die Sehnsucht danach, endlich Simons Schwanz zu spüren, war für sie kaum auszuhalten. Heiße Lust tropfte aus ihrer Yoni. Sie wollte endlich von ihm genommen werden, aber Simon ließ sie weiter zappeln. Er hatte sie in der Hand und sie war völlig machtlos. Fast schon flehentlich reckte Lorena ihr Becken noch mehr nach hinten, bis sich Simons

Speer, der bereits wieder in seiner vollen Pracht stand, kurz zwischen ihre Schenkel schob. Ein flüchtiger Moment, der sie vollends elektrisierte. Diese plötzliche Berührung ließ ihren ganzen Körper erzittern. Ihre Schamlippen, die bereits warm und geschwollen waren, glitten sofort willig auseinander, um seinen harten und heißen Schwanz zu empfangen, aber Simon setzte wieder nicht zum finalen Stoß an, sondern zog erneut zurück. Lorena stöhnte flehentlich auf vor Verlangen. Simon schob sein Becken wieder vor, drückte seinen Schwanz zwischen ihre Schenkel und Lorenas Yoni bettelte augenblicklich nach Erlösung. Doch anstatt in sie einzudringen, ließ er seinen Schwanz zwischen ihren Schamlippen liegen, ohne sich zu bewegen. Lorena spürte seinen pochenden Schaft an ihrer Klitoris. Allein diese Berührung ihrer Lustzentrale reichte, dass ein Feuerwerk unersättlicher Lust ihren Körper durchfuhr und sie einen ersten leichten Orgasmus verspürte, in dem sich ihre aufgestaute Lust aber nicht annähernd entladen konnte. Lorena zog wie ein wildes Tier an ihren Fesseln, sie wollte ihre Hände frei haben, um Simons Schwanz selber in ihre Vulva zu führen. Sie konnte es nicht eine Sekunde länger aushalten, ihn nicht zu spüren. Wie ein vom Sturm angetriebenes Feuer durchfegte ihre

Lust ihren Körper und entzündete jeden Winkel mit purer Begierde. Energisch streckte sie Simon erneut ihr Becken entgegen und ließ es empfangend kreisen. Sie spürte, wie ein heißer Tropfen ihrer Lust an ihrem Bein entlanglief. Ihre Yoni verzehrte sich nach seinem Lingam und pulsierte wie verrückt. Sie wollte endlich gefickt werden. Von seiner Männlichkeit ausgefüllt sein. Völlig ausgefüllt sein. Sie wollte nichts mehr, als dass er endlich in sie eindrang und sie ihre sexuelle Energie mit ihm teilen konnte. Ihre Erregung hatte bereits den absoluten Höhepunkt erreicht, aber Simon verwehrte ihr den Höhepunkt, nach dem ihr Körper so verlangte. Stattdessen trieb er sein Spiel auf die Spitze, ohne seine Spitze zum Einsatz zu bringen. Erneut gab er ihr einen festen Klaps auf den Hintern, um ihr kurz darauf sanft mit der Fingerspitze über die Wirbelsäule zu fahren, was Lorena einen wohligen Schauer bescherte, unter dem sie erzitterte. Immer wieder näherte er sich mit seinem steifen Schwanz ihrer Vulva, schob mit seinem Pfeil ihre Schamlippen auseinander, berührte mit seiner Eichel ihre Klitoris, aber drang nicht in sie ein. Gleichzeitig massierte er die empfindliche Stelle an ihrem After. Lorenas ganzer Körper war unter Strom. Jede Zelle ihres Körpers war erregt und schrie nach Erlösung. Dieses unbändige Verlangen löste in ihr einen Sinnesrausch aus, der jede bisher bekannte Ekstase toppte. Wieder wich Simon nach hinten und ließ ihre Yoni flehentlich zurück. An der Stelle zwischen ihren Beinen, wo sie eben noch seine Männlichkeit gespürt hatte, war alles heiß und nass und ihr Begehren war für sie kaum mehr ertragbar. Jede Faser ihres Körpers und alle Nervenenden in ihrer Yoni verlangten nach Simons Lingam. Sie sehnte sich so sehr danach, ihn endlich in sich zu spüren. Aber Simon spielte weiter mit ihrer Begierde und folterte sie damit auf die aufregendste Art und Weise, die sie je erlebt hatte. Auf einmal zog er an Lorenas Fesseln, so dass sie ihren Oberkörper etwas mehr aufrichten musste, und drang im gleichen Augenblick mit einem festen Stoß in sie ein. Lorena schnappte nach Luft. Das war unerwartet und fast ein bisschen schmerzhaft, aber gleichzeitig so erlösend, dass prompt eine weitere leichte Orgasmuswelle ihren ganzen Körper durchfuhr. Ihr gesamtes Blut schoss in ihre Yoni, die Wände ihrer Vagina vibrierten impulsiv, ihr Körper war wie elektrisiert, alle Synapsen schlossen sich zu einer ekstatischen Symphonie zusammen. Lorena stöhnte lustvoll auf und streckte ihr Becken noch mehr nach hinten, um Simons Schwanz besser empfangen zu können. Endlich nahm er sie. Er umfasste ihre Hüften und stieß rhythmisch in sie. Sein Schwanz füllte ihre nasse, heiße Höhle vollständig aus und stimulierte alle Nervenzellen an den Innenwänden ihrer Vagina. Ihre Muschel zuckte wie wahnsinnig, all ihre Lust floss wie feurige Lava zwischen ihre Beine und tausend mikroskopisch kleine Stromschläge versetzten ihre Neuronen in pure Ekstase. Lorena schrie all ihre aufgestaute Begierde laut heraus. Diese Erlösung war so gewaltig, dass Lorenas ganzer Körper erbebte und gar nicht mehr zu pulsieren aufhörte. Kaum hatte eine Orgasmuswelle sie gepackt, bahnte sich schon eine größere Welle des Rausches an, die noch viel mächtiger war als der Orgasmus zuvor. Während Simon mit seinem Gewicht auf ihr lag, ihren heißen Oberkörper und ihre prallen Brüste auf den kalten Boden drückte und sie in ihre höchste Lust trieb, spürte sie, wie sich der Druck um ihre Handgelenke lockerte. Endlich hatte er ihr die Fesseln abgenommen. Sie nutzte die Gelegenheit, stemmte sich nach oben und forderte einen Positionswechsel. Sie drückte Simons athletischen Körper auf den Boden und setzte sich mit ihrer pochenden Yoni auf seinen prallen Lingam, der von ihrem Saft glänzte und vor Lust pulsierte. Durch den veränderten Winkel konnte sie Simons harten, heißen Schwanz noch tiefer in sich empfangen und erneut das Feuer entzünden, das in ihr brodelte. Um nicht völlig durchzudrehen, nahm Lorena das Tempo raus und fing an, ihn langsamer zu reiten. Sofort umschlossen die Muskeln in ihrer Vagina pulsierend seinen Schaft, als wollten sie ihn nie mehr loslassen. Simons Wangen glühten, seine Augen funkelten vor Leidenschaft und sein Körper brannte. Sie öffnete hinten ihren BH, so dass er ihr pralles C-Körbchen in voller Pracht vor seinem Gesicht hatte und drückte ihren zitternden Oberkörper auf seine verschwitzten Brustmuskeln. Simon legte die Arme fest um sie, zog sie noch enger an sich ran und küsste sie. Lang, leidenschaftlich und fordernd. Lorena konnte nicht genug von ihm, seinen Küssen, seinem Körper und vor allem seinem Schwanz bekommen. So mit ihm zu verschmelzen, ihn so tief in sich zu spüren, ließ sie erneut explodieren. Lorena stöhnte all ihre Lust nach draußen. Funken schossen durch ihren gesamten Körper und gaben elektrische Impulse an jede Faser ihres Seins ab. Ihr Herz raste, all ihre Muskeln zuckten unkontrolliert und dieser unglaubliche Sinnesrausch raubte ihr fast den Atem. Obwohl sie das Gefühl hatte, gleich ohnmächtig zu werden, konnte sie nicht genug von dieser unbändigen Euphorie bekommen, die alles toppte, was sie je erlebt hatte. Sie richtete sich auf, beugte sich kurz nach vorne und drückte Simon ihre Brüste ins Gesicht, so dass er ihr in die Brustknospen beißen konnte. Lorena verspürte einen lustvollen Schmerz, der sie erneut aufstöhnen ließ. Sie setzte sich gerade auf Simons Schwanz, so dass sein Speer im 90-Grad-Winkel in sie eindrang und ritt ihn weiter in ihrem Tempo. Ihre Brüste wackelten im Rhythmus und sie griff danach, um sich selber zu berühren und ihre Weiblichkeit wahrzunehmen. Simon stöhnte bei ihrem Anblick wollüstig auf und bearbeitete mit der Hand Lorenas Klitoris, was sie noch wahnsinniger machte. Bei jedem Auf und Ab erfuhr sie eine neue Reibung an ihrer Knospe, die elektrische Schläge an alle Nervenenden übermittelte. Lorena hatte das Gefühl, dass die impulsiven Wellen und das Zucken in ihrem Körper gar nicht mehr aufhören wollten, so intensiv war dieser Sinnestaumel. Feiner Schweiß bedeckte Simons Muskeln und überzog seinen Körper mit einem glänzenden Film. Sein vor Lust verzehrtes Gesicht spiegelte den sexuellen Rausch wider, den sie selbst erlebte. Sie lehnte sich nach hinten, stützte sich mit den Händen auf seinen Oberschenkeln ab und ritt ihn weiter mit verändertem Winkel. Ihre Muschel war so nass, dass sie bei jedem Stoß ihres Beckens schmatzende Geräusche machte, so als würde sie ebenfalls vor Lust stöhnen. Ihr glänzender Saft lief um Simons Schaft und seine Hoden. Die Winkeländerung aktivierte weitere Muskeln in ihrer Muschi, die sich sofort sehnsüchtig um Simons Schwanz schlossen. Sein Lingam mit der leicht gebogenen Spitze stimulierte erogene Zonen, von deren Existenz sie noch nie was geahnt hatte. Diese unbändige Lust war schwindelerregend. Simon rieb weiter an ihrer nassen Klit und Lorena spürte, wie sein Schwanz in ihr immer mehr zu pochen anfing. Sein Atem wurde schwerer, er konnte den Blick zu ihr nicht mehr so intensiv halten und sie merkte, dass er kurz davor war zu kommen. Seine Begierde zu sehen und zu spüren, die Gefühle in ihrem Körper so durchdringend wahrzunehmen, brachte Lorena selber an den Rand des Wahnsinns. Sie spürte, wie sich eine weitere gewaltige, vom Sturm der Sexualhormone angetriebene, riesige Orgasmuswelle in ihr aufbaute, die sie gleich mit all ihrer sexuellen Gewalt überrollen würde. Sie krallte ihre Finger in Simons Oberschenkel, ihr Atem setzte für einen Augenblick aus und die Muskeln in ihrer Yoni, die sie schon lange nicht mehr kontrollieren konnte, zogen sich vibrierend immer enger über seinem pochenden Schwanz zusammen, um all das Sperma aus ihm herauszumelken. Simons Speer zuckte heftig und als sie seinen Strahl heißer Lust Schub um Schub in ihrer Vagina spürte, erlebte sie ein Feuerwerk, das so intensiv war, dass sie glaubte, ihr Herzschlag würde jeden Moment aufhören zu schlagen. Alle aufgestauten Triebe brachen aus ihr heraus, sie schrie und zitterte am ganzen Körper. Die Gischt dieser gigantischen Welle verteilte sich in allen Synapsen ihres Körpers und führte zu einer Gefühlsexplosion, die Lorena für einen Moment nahezu in andere Sphären schweben ließ. Erschöpft sackte ihr Oberkörper auf seinem zusammen und sie hörte die Herzen gemeinsam im Takt rasen.

Was für ein Wahnsinns-Fick.

Was für ein Wahnsinns-Mann.

Was für eine Wahnsinns-Fantasie …

Kapitel 17

Als ihr aufgewühlter Körper zur Ruhe kam und ihr Geist klarer geworden war, zog Lorena den Reißverschluss ihrer Jeans zu und atmete tief durch, um ihren Puls wieder auf eine normale Frequenz zu bringen. Dann stand sie auf, kochte sich einen Chai-Tee und setzte sich mit dicker Wolldecke auf die Terrasse und schaute in den dunklen Nachthimmel. Die kühle Herbstluft war eine Wohltat für ihren erhitzten Körper.Immer noch war sie sprachlos über die Intensität ihrer Orgasmen, die letztlich nur in ihrem Kopf stattgefunden hatten. Noch nie zuvor hatte sie so wahnsinnig guten Sex mit sich selbst gehabt. Ihre Fantasie hatte ihren Körper völlig schachmatt gesetzt und sie war so entspannt wie seit langem nicht mehr. Aber war es nicht genau das? War diese ganze Geschichte mit Simon nicht von Anfang an nur in ihrem Kopf entsprungen? Hatte diese Liaison in der Realität überhaupt eine Chance, jemals diese Erwartungen zu erfüllen? Konnte ein Akt mit ihm live und in Farbe diesen grandiosen Sex je toppen, den sie in ihrer Fantasie mit ihm erlebte? Oder war das ein Spiel, das sie nie gewinnen konnte und von Anfang an nur des Spiels wegen gespielt hatte? Das, was das amouröse Abenteuer die ganze Zeit so spannend gemacht hatte, waren bei genauer Betrachtung nur ihre tief verborgenen Sehnsüchte gewesen und Simon letztlich nichts weiter als eine Projektionsfläche dafür. Die Leidenschaft, die er ausstrahlte, sein Talent, das Leben im Moment zu genießen und seine Art, seine Träume zu verwirklichen, waren nichts anderes als ein Spiegel dessen, was sie selber in sich hatte, sich aber bisher nicht zu zeigen getraut hatte. Sie hatte ihn bewundert für das Licht, das in ihr fast erloschen war und an das sie sich bei dem Spiel mit ihm wieder erinnert hatte. Diese Leidenschaft, die in letzter Zeit so präsent gewesen war, war die vergangenen Jahre von ihrem Alltag überschattet worden, aber im Endeffekt war es genau das, was sie ausmachte. Sie hatte über Jahre einfach nur funktioniert, sich allen gesellschaftlichen Konventionen unterworfen und sich mit jedem Schritt der Anpassung mehr und mehr selbst verloren. Simon war nur der Trigger gewesen, der das Feuer in ihr wieder entfacht hatte, aber sie war diejenige, in der diese Leidenschaft die ganze Zeit hinter Alltagslasten gebrannt hatte. Jetzt, wo die Glut in ihr endlich wieder loderte, fühlte sie sich lebendiger denn je. Jetzt galt es nur, diesen Funken auf alle weiteren Bereiche ihres Lebens zu übertragen. Jetzt lag es an ihr, ihre Energien wieder für sich selber zu nutzen und neu zu leben anzufangen, bevor sie lebendig begraben wurde. Seit diesem Tag in der Bar, als sie mit ihrem verbotenen Flirt an einer Grenze entlangspaziert war, hatte sie viel über sich gelernt. Mit jeder Grenze, die sie seitdem überschritten hatte, hatte sie ihre inneren Grenzen gesprengt und wieder mehr zu sich selbst gefunden. Sie hatte sich aus einer Alkohollaune auf dieses Spiel mit Simon eingelassen, ihre Komfortzone immer weiter verlassen, sich ihren inneren Schatten gestellt und dabei erkannt, dass sie jederzeit die Wahl hatte, ihr Leben neu zu beginnen. Lorena trank einen weiteren Schluck von ihrem heißen Chai-Tee und schaute in den Himmel. Eine Wolke, die eben noch den Mond verdeckt hatte, zog weiter und das Licht des Mondes schien direkt auf die Lounge-Liege, auf der sie saß. Der Wind streichelte ihre Arme und eine Gänsehaut breitete sich über ihrem ganzen Körper aus. Sie hatte das Gefühl, als würde das Leben sie persönlich schubsen, endlich loszugehen. Lorena sog die kalte Herbstluft tief in ihre Lungen ein und traf eine Entscheidung. Von nun an war sie bereit, die Verantwortung für ihr Glück selbst in die Hand zu nehmen. Ihre Ängste gegen Mut einzutauschen, um das eindrucksvolle Leben zu leben, das sie verdient hatte.

EPILOG

Es war ein warmer Tag im Mai und Lorena saß nach einer anstrengenden Wanderung auf einer Hütte in den Tegernseer Bergen und atmete tief durch. Sie hatte die Kinder in die KITA gebracht und sich spontan Urlaub genommen, um einen Tag nur Zeit mit sich zu verbringen. Nach dem steinigen Weg bergauf, den sie hinter sich hatte, hatte sie sich diese Pause verdient und das kühle, alkoholfreie Weißbier versorgte ihren dehydrierten und erschöpften Körper mit neuer Energie. Seit dem letzten Herbst hatte sich viel für sie verändert. Die Trennung von Andi war nur der erste Schritt in ihr neues Leben gewesen. Der erste Schritt, aber absolut kein leichter Schritt. Sie hatte ziemlich mit sich gerungen und das Gespräch immer wieder vor sich hergeschoben. Die Angst vor den Veränderungen und dem Verlust der Sicherheit, die Angst, Andi und die Kinder zu verletzen, hatten ihre Entscheidung immer wieder ins Wanken gebracht, aber insgeheim war ihr die ganze Zeit bewusst gewesen, dass alles, was sie sich wünschte, hinter dieser verdammten Angst lag. Und so hatte sie im November endlich das Gespräch mit Andi gesucht. Es war das härteste Gespräch gewesen, das sie je geführt hatte. Sie hatte all ihre Masken fallen lassen und sich Andi gegenüber ehrlich und wahrhaftig geöffnet. Stundenlang hatten sie auf dem Sofa gesessen und so tief und aufrichtig wertschätzend miteinander gesprochen wie schon seit Jahren nicht mehr. Lorena war von der Wertschätzung und dem Respekt überrascht gewesen und von der Nähe, die dadurch wieder zwischen ihnen entstanden war, aber trotzdem war sie klar in ihrer Absicht gewesen. Sie musste Andi gehen lassen, wenn sie sich selbst wieder finden wollte. Die Gefühle für Andi hatten sich verändert. Sie liebte ihn noch, aber nur noch als Freund und nicht mehr als Mann und Partner. Sie hatten keinen gemeinsamen Fokus und keine Visionen mehr, an denen sie noch hätten anknüpfen können und die körperliche Anziehung zwischen ihnen war schon lange nicht mehr gegeben. Während sie nach Wachstum und Veränderung strebte, war Andi glücklich, wenn der Alltag ihm eine gewisse Stabilität gab. Es hatte viele Gespräche, viele Umarmungen und auch Streit mit Andi gegeben, aber schlussendlich war es ihnen gelungen, die Trennung auf eine freundschaftliche und respektvolle Art durchzuziehen. Für die Kinder war die Umstellung immer noch ungewohnt und insbesondere Amelie weinte oft, aber mittlerweile hatten sie ihre Routine in der neuen Lebenssituation gefunden. Die Kindererziehung teilten sie sich zu je fünfzig Prozent. Sowohl sie als auch Andi hatten sich eine kleine 2-Zimmer-Wohnung in der Nähe des gemeinsamen Hauses gemietet und lebten mit den Kindern im sogenannten Nestmodell. Sie wohnte immer von Montag bis Mittwoch mit den Kindern im Haus, er von Mittwoch bis Freitag. An den Wochenenden wechselten sie sich ab, so dass Amelie und Luis weiterhin die volle Aufmerksamkeit beider

Elternteile bekamen. Die dadurch gewonnene freie Zeit nutzte Lorena viel für sich. Sie sehnte sich danach, weiter und weiter zu wachsen und ihr Feuer immer mehr zu spüren, denn Stillstand hatte es in den letzten Jahren genug gegeben. Jetzt galt es einiges aufzuholen. Seit diesem Schritt der Trennung war die Transformation in jedem Bereich ihres Lebens spürbar. Schicht für Schicht legte sie das ab, was sie unglücklich machte und tauschte etablierte Gewohnheiten gegen neue, die sie glücklicher machten und sie in ihrer Potentialentfaltung unterstützten. Auch in der Arbeit hatte sie bis dato nur funktioniert und erkannt, dass sie von jeher ein Muster gelebt hatte, das sie von ihrem Vater früh geprägt bekommen hatte. Von klein auf hatte er ihr erzählt, dass sie nur etwas wert war, wenn sie Leistung brachte und so hatte sie sich immer zu Höchst- und Bestleistungen angespornt und war die Karriereleiter in einem rasenden Tempo hochgeklettert. Doch je mehr sie sich mit sich selber auseinandersetzte, desto mehr spürte sie, dass dieser Glaubenssatz nicht wahr war und welches Leid er ihr und ihren Mitmenschen gegenüber verursacht hatte. Sie war auch etwas wert, wenn sie keine Leistung brachte und es war völlig okay, vom Gas runterzugehen. Der Erfolg in der Arbeit war nicht mehr das, wonach sie sich sehnte. Stattdessen wünschte sie sich, die Sinnhaftigkeit in dem, was sie tat, zu erkennen. So hatte sie auch im Job eine Entscheidung getroffen und die Stunden reduziert und Geld durch Lebenszeit und Zahlen durch Kreativität ersetzt. Statt Businesspläne zu schreiben, beschäftigte sie sich als Ausgleich in ihrer Freizeit mehr mit Fotografie. Sie hatte zig Kurse nebenbei besucht und inzwischen war sie so weit, dass sie sich mit der Fotografie ein kleines zweites Standbein aufgebaut hatte, das sie in Zukunft noch weiter ausbauen wollte. Sie hatte ein Talent dafür, Menschen mit ihren Porträtaufnahmen so einzufangen, wie sie wirklich waren und den Wesenskern in Bildern festzuhalten. Ihre Buchungsanfragen über Empfehlungsmarketing wurden immer mehr, so dass sie sogar schon mit dem Gedanken spielte, langfristig nur noch mit diesem Herzensprojekt Geld zu verdienen. Das Kuriose daran war, dass sie zwar insgesamt mehr arbeitete, aber trotzdem mehr Energie hatte als je zuvor. Die permanente Erschöpfung und Überlastung war einem freudigen Tatendrang gewichen und Lorena strotzte nur so vor Vitalität und Lebensfreude. Zeitgleich mit der Trennung hatte sich Lorena bewusst aus dem Freundeskreis zurückgezogen. Zum einen, um Andi nicht auch noch die Sozialkontakte zu nehmen, zum anderen, weil dieser Schritt dazu geführt hatte, dass einige Freunde sich von ihr abgewandt hatten, weil sie nicht mehr in die Schublade ihrer Vorstellungen passte. Einige Freundinnen hatten ihr vorgeworfen, egoistisch zu sein, andere hatten ihr klar kommuniziert, mit ihrem Selbstfindungstrip, wie sie es nannten, nichts anfangen zu können. Lorena nahm es ihnen nicht übel, insgeheim musste sie über diese Aussage sogar ein wenig schmunzeln, da genau diese Mädels es waren, die am meisten in ihrem Alltag ertranken und denen es gutgetan hätte, selbst auch etwas zu verändern. Es fiel ihr tatsächlich leichter als gedacht, die Freundinnen loszulassen, die immer noch das Leben lebten, aus dem sie ausgebrochen war. Sie begriff immer mehr, dass nicht alle ihrer Freunde ihre neue Zukunft wollten, und ihr war bewusst, dass viele mit ihrem wiedergefundenen Strahlen nicht klarkamen, weil sie darin ihren eigenen Schatten sahen und daran erinnert wurden, dass sie ihr Potential selbst nicht auf die Straße brachten. Wann immer Lorena für ihr neues Leben kritisiert wurde, musste sie sich eingestehen, dass sie mittlerweile sogar ein bisschen stolz darauf war, wenn sie von anderen für ihre Veränderung kritisiert wurde, denn jede Kritik zeigte ihr, dass sie für sich auf dem richtigen

Weg war. Gleichzeitig hatten sich auch im Bereich Freundschaften neue Türen für sie geöffnet. Seitdem sie auf einem neuen Weg war, zog sie ganz andere Menschen in ihr Leben. Menschen, die viel besser zu ihr passten und sie in ihrer Potentialentfaltung unterstützten. Frauen, die ähnlich mutig waren wie sie. Herzensmenschen, die ihren Träumen folgten und ihren Leidenschaften nachgingen. Sie hatte mittelmäßige Freundschaften eingetauscht gegen neue, lebendige Freundschaften auf Augenhöhe. Statt Gesprächen, in denen es nur um die Kindererziehung und Probleme im Job und Alltagslasten ging, erfuhr sie in ihren neuen Freundschaften tiefsinnige Gespräche, in denen es um ehrliche Emotionen, Träume, Wachstum und Wahrhaftigkeit ging. Im Spanischkurs, den sie seit kurzem abends besuchte, um das Lebensgefühl Südamerikas schon voll zu inhalieren, hatte sie eine Simone und eine Julia kennengelernt, die in einer ähnlichen Lebenssituation wie sie waren. Zwei tolle, starke und inspirierende Frauen, mit denen sie gerne Zeit verbrachte und bereits konkret ihren Südamerika-Roadtrip im Herbst plante. Ihre Träume wurden immer greifbarer und der Machu Picchu war so nah wie noch nie. Simon hatte Lorena seit der Trennung nicht mehr gesehen. Als sie sich entschieden hatte, sich von Andi zu trennen, war ihr klar gewesen, dass sie das Spiel mit ihm nicht fortführen konnte. Es fühlte sich für sie nicht richtig an, Andi aus ihrem Leben zu verabschieden und gleich darauf Sex mit seinem Freund zu haben. Das Spiel spielte keine Rolle mehr für sie und gleichzeitig hatte sie das Gefühl, es schon lange gewonnen zu haben. Jedes einzelne Level des Spiels hatte neue Stärken in ihr hervorgebracht, mit jeder einzelnen Aufgabe, die er ihr gestellt hatte, war sie über sich selbst hinausgewachsen. Er hatte sie aus der Komfortzone zurück ins Leben geschubst. Er hatte ihre Libido zum Brennen gebracht und das wiederum hatte ganzheitlich den Funken entzündet, der ihr gefehlt hatte. Lorena war dankbar für das Spiel und alles, was sie daraus gelernt hatte und das hatte sie ihm auch per Messenger-Nachricht mitgeteilt. Simon hatte freundschaftlich souverän reagiert und ihr zu ihrer Courage und diesem Schritt gratuliert. Seitdem hatten sie keinen Kontakt mehr, aber Lorena spielte durchaus mit dem Gedanken, das Spiel mit einer neuen Edition irgendwann noch mal zu restarten. Ihr Sexleben war zurzeit trotzdem so aktiv wie schon lange nicht mehr und sie holte all das auf, was sie in den letzten Jahren nicht mehr gelebt hatte. In einer Bar hatte sie einen zehn Jahre jüngeren Barkeeper kennengelernt, mit dem sie gelegentlich leidenschaftlichen und wilden Sex hatte, wenn die Kinder bei Andi waren. Sex, bei dem sie ihre hemmungslose und unzüchtige Seite ausleben und sich und ihre Lust neu entdecken konnte. Der Sex mit dem Barkeeper war fantastisch und erregend dominant, die Orgasmen ekstatisch und erfüllend und sie lebte mit ihm ihre dunkelsten Seiten aus, von deren Existenz sie bisher keine Ahnung gehabt hatte. Gleichzeitig gab es da auch noch eine weiche und zarte Seite, die Lorena durch die Begegnung mit Caro entdeckt hatte und die gelebt werden wollte. Und so hatte sie auch mit Caro wieder Kontakt aufgenommen, um die Weiblichkeit in vollem Umfang zu genießen, zu schmecken und zu fühlen. Lorena lebte ihre Sexualität und ihre Lilith-Energie so wie noch nie zuvor. Sie gab sich der Hingabe hin, ließ sich von der Lust vögeln und vom Leben nehmen und tauchte gelegentlich immer wieder in atemberaubende Fantasien ein, in denen Simon nach wie vor noch gelegentlich die Hauptperson spielte.